स्वप्नवासवदत्ता

तथा

प्रतिज्ञायौगन्धरायण

स्वप्नवासवदत्ता

तथा
प्रतिज्ञायौगन्धरायण

(संस्कृत के दो उत्कृष्ट नाटकों का हिन्दी रूपान्तर)

महाकवि भास

रूपान्तरकार
विराज

ISBN : 9788170287773

संस्करण : 2021 © राजपाल एण्ड सन्ज़

SWAPNVASAVADUTTA AUR PRATIGYAYAUGANDHRAYAN

(Two Sanskrit Play) by Bhas

राजपाल एण्ड सन्ज़

1590, मदरसा रोड, कश्मीरी गेट, दिल्ली-110006
फोन : 011-23869812, 23865483, 23867791
website : www.rajpalpublishing.com
e-mail : sales@rajpalpublishing.com
www.facebook.com/rajpalandsons

भूमिका

महाकवि भास संस्कृत के उन महाकवियों में से हैं जिनकी संस्कृत साहित्य पर गहरी छाप पड़ी है। साहित्य में बार-बार उस नाटककार का स्मरण हुआ है और वह स्मरण असाधारण आदर का द्योतक है। स्वयं कालिदास ने अपने 'मालविकाग्निमित्र' में उसे 'प्रथितयशम्' लिखकर सराहा है पर निःसन्देह सदियों से उस ख्यातनामा भास का नाममात्र उपलब्ध था या उनके नाटकों के कुछ श्लोक या स्थल यत्र-तत्र उद्धृत मिल जाते थे, उसकी कोई समस्त रचना इस शताब्दी के पहले प्रकाशित नहीं हुई थी।

सन् 1912 ई. में महामहोपाध्याय गणपति शास्त्री को अचानक भास के तेरह नाटक मिल गये जिनको उन्होंने 'त्रिवेन्द्रम् सीरीज़' में पहली बार प्रकाशित किया। इनकी वास्तविकता अथवा इनके भास के लिखे होने में विद्वानों ने सन्देह किया है, पर उस सम्बन्ध की चर्चा यथा-स्थान की जाएगी। यहाँ पहले भास के प्रति साहित्यगत निर्देश का उल्लेख करेंगे।

भास भी अनेक संस्कृत कवियों की ही भाँति कुछ ऐसा नहीं छोड़ गये, या छोड़ा भी तो वह आज हमें उपलब्ध नहीं, जिससे हम उनके व्यक्तिगत सम्बन्ध, जन्म, जीवन, काल, स्थान आदि के विषय में जान सकते। परन्तु जैसा ऊपर कहा जा चुका है, उस कवि के नाम से संस्कृत-साहित्य न केवल परिचित था वरन् उस पर उसकी शालीनता की गहरी छाप थी। अनेक बार अनेकधा महाकवियों ने, अलंकारशास्त्रियों और सुभाषितों ने उसके नाम या रचनाओं और उनके स्थानों का उल्लेख किया या उद्धरण दिये हैं। उनके प्रति निर्देश करने वालों में कालिदास, भामह, बाणभट्ट, दण्डी, वामन, वाक्पतिराज, अभिनवगुप्त, भोजदेव, राजशेखर,

शारदातनय, सर्वानन्द, सागरनन्दी, रामचन्द्र और गुणचन्द्र, कौमुदीमहोत्सव और शाकुन्तलव्याख्या।

इनमें से कुछ के स्थल यहाँ उद्धृत कर देना अनुचित न होगा—

प्रथितयशसां भाससौमिल्लककविपुत्रादीनां, प्रबन्धानतिक्रम्य कालिदास-मालविकाग्निमित्र...अंक।

प्रतिज्ञायौगन्धरायण के 'अण्णेण मा भादा हृदो, अण्णेण मम पिदा, अण्णेण मम सुदो' काव्यालंकार—4,40-47 में श्लोकबद्ध उद्धरण—

हतोऽनेन मम भ्राता मम पुत्रः पिता मम।
मातुलो भागिनेयश्च रुषा संरब्धचेतसा॥44॥

—भामह

सूत्रधारकृतारम्भैर्नाटकैर्बहुभूमिकैः।
सपताकैर्यशो लेभे भासो देवकुलैरिव॥

—हर्षचरित

लिम्पतीव तमोऽङ्गानि वर्षतीवाञ्जनं नभः।
असत्पुरुषसेवेव दृष्टिर्निष्फलतां गता॥

—दण्डी, काव्यादर्श, 2,226 (बालचरित, चारुदत्त से)

'यो भर्तृपिण्डस्य कृते न युध्येत्'

—प्रतिज्ञा. से वामन, काव्यालंकार, 5,2

यासां बलिर्भवति मद्गृहदेहलीनां,
हंसैश्च सारसगणैश्च विलुप्तपूर्वः।
तास्वेव पूर्वबलिरूढ्यवाङ्कुरासु,
बीजाञ्जलिः पतति कीटमुखावलीढः॥

—वही

शरच्छशाङ्कगौरेण वाताविद्धेन भामिनि।
काशपुष्पलवेनेदं साश्रुपातं मुखं मम॥

—वही, 4, 3 (स्वप्नवासवदत्ता में)

भासनाटकचक्रेऽपि च्छेकैः क्षिप्ते परीक्षितुम्।
स्वप्नवासवदत्तस्य दाहकोऽभून्न पावकः॥

—सूक्तिमुक्तावलि में उद्धृत, राजशेखर

भासम्मि जलणमित्ते कन्ती देवे आजस्स रहुआरे।
सोबन्धवे अ बन्धम्मि हारियन्दे अ आगन्दो॥

—गउडवहो (वैदग्ध्यवर्णनम्)

क्वचित् क्रीड़ा तथा स्वप्नवासवदत्तायाम्।

—अभिनवभारती, गायकवाड़ ओ. सी.

तत एव विक्रमोर्वशीयस्वप्नवासवदत्ता (त्ते) नाटकमिति व्यवहरन्ति।

—वही, पृ. 17

महाकविना भासेनापि स्वप्नप्रबन्ध उक्तः—
त्रेतायुगं तद्धि न मैथिली सा
रामस्य रागपदवी मृदु चास्य चेतः।
लब्ध्वा जनस्य यदि रावणमस्य कायं
प्रोत्कृत्य तन्न तिलशो न वितृप्तगामी॥

—वही, पृ. 320

स्वप्नवासवदत्ते पद्मावतीमस्वस्थां द्रष्टुं राजा समुद्रगृहकं गतः। पद्मावतीरहितं च तदवलोक्य तस्या एव शयने सुष्वाप। वासवदत्तां च स्वप्नवदस्वप्ने ददर्श। स्वप्नायमानश्च वासवदत्तामाबभाषे। स्वप्नशब्देन चेह स्वामी वा स्वप्नदर्शनं वा स्वप्नायितं वा विवक्षितम्।

—भोजदेव, शृंङ्गारप्रकाश

शौनकमिव बन्धुमती कुमारमविमारकं कुरङ्गीव।
अर्हति कीर्तिमतीयं कान्तं कल्याणवर्माणम्॥

—कौमुदीमहोत्सव, 2, 15, 5, 9

चारुदत्ते पुनः सूत्रधारस्यापि प्राकृतम्।

—शाकुन्तलव्याख्या

भास के एक श्लोक—नवं शरावं—का उल्लेख कौटिल्य के अर्थशास्त्र में भी मिलता है, पर लगता है कि वह श्लोक दोनों ने अन्यत्र से, किसी पूर्ववर्ती साहित्य

(*vii*)

से लिया है। ऐसा न मानने से एक कठिनता यह हो जाएगी कि भास को तब कौटिल्य से भी पूर्व प्रायः ईसा पूर्व चौथी शताब्दी में रखना पड़ेगा जो अन्य कई विरोधी प्रमाणों के कारण सम्भव नहीं। उसका समय अश्वघोष के पश्चात् और कालिदास से पूर्व प्रायः दूसरी-तीसरी शती ईस्वी में होना चाहिए।

भास का नाम संस्कृत साहित्य के प्रेमियों और विद्वानों में इतना जाना हुआ होने के कारण उसकी कृतियों को पाने की भूख सभी को थी और जैसे ही महामहोपाध्याय गणपति शास्त्री ने इन तेरह नाटकों की संप्राप्ति की सूचना दी, पण्डितों ने झट उन्हें भास की कृति मानकर स्वीकार कर लिया। पर जैसे ही प्रारम्भिक उत्साह कम हुआ और आलोचना की पैनी आँखों से नाटक देखे-विचारे जाने लगे वैसे ही शँकाएँ बढ़ीं और झट विद्वानों में इस प्रसंग पर परस्पर-विरोधी दो दल बन गए। एक दल उनका था जो सर्वथा इन कृतियों को भास की रचनाएँ मानने लगे, जैसे गणपति शास्त्री, डॉक्टर कीथ आदि; दूसरा उनका जिन्होंने इन्हें भास की रचना मानने में आपत्ति की; जैसे सिल्वां लेवी, विन्तर्निल्स, मोर्गेनस्तेर्ने, सुक्थंकर आदि। एक तीसरा वर्ग ऐसे विद्वानों का भी निकल आया जिन्होंने इन्हें भास की रचना आंशिक रूप में ही माना।

अभाग्यवश इन नाटकों के प्रवेशक में अथवा हस्तलिपि के ही किसी भाग में भास का नाम लिखा नहीं मिला जो विशेष अस्वीकृति का कारण बन गया। इनको भास की कृति मानने वालों ने साधारणतया नीचे लिखे तर्क प्रस्तुत किये—

1. इन सभी नाटकों का आरम्भ 'नान्द्यन्ते ततः प्रविशति' निर्देश से होता है। इसके विरुद्ध पीछे के 'क्लासिकल' नाटकों में पहले 'नान्दी' श्लोक होता हैं न कि 'नान्द्यन्ते' आदि निर्देश। कहते हैं कि भास की इसी विशिष्टता का उल्लेख—कि उसके नाटक सूत्रधार के प्रवेश से आरम्भ होते हैं, बाण ने अपने इस श्लोक में किया है—

सूत्रधारकृतारम्भैर्नाटिकैर्बहुभूमिकैः।
सप्तताकैर्यशो लेभे भासो देवकुलैरिव॥

2. भूमिका भाग को सर्वत्र इनमें 'स्थापना' कहा गया है। 'क्लासिकल' नाटकों में इसके विरुद्ध भूमिका के लिए 'प्रस्तावना' शब्द का प्रयोग हुआ है।

3. 'क्लासिकल' नाटकों के विपरीत इनकी 'स्थापना' में नाटक या नाटककार

का नाम नहीं मिलता, जिससे यह विचार उठा कि शायद ये नाटक क्लासिकल नाटकों से पूर्व के हैं।

4. भरतवाक्य का सर्वत्र इसी आशीर्वचन से अन्त होता है कि 'हमारे नृपति अखिल पृथ्वी पर शासन करें।

5. इन नाटकों में परस्पर वस्तु-गठन में समानता है और अनेक के प्रारम्भिक श्लोकों में मुद्रालंकार के अनुसार प्रधान पात्रों के नाम गिना दिए गये हैं जो 'क्लासिकल' परिपाटी से भिन्न शैली है। अधिकतर इनकी वर्णन-शैली है। अधिकतर इनकी वर्णन-शैली भी समान है।

6. इनमें से कम से कम एक (स्वप्नवासवदत्ता) कृति को राजशेखर ने भास का माना है। इससे इस संग्रह की अन्य रचनाएँ भी, जो शैली, रंगानुशासन, भाषा, भावादि में परस्पर समान हैं, उसी कवि की होंगी।

7. अनेक अलंकार-शास्त्रियों ने अपने ग्रन्थों में इन कृतियों से उद्धरण दिए हैं जो इस संग्रह में हैं। उदाहरणार्थ वामन ने स्वप्नवासवदत्ता, प्रतिज्ञायौगन्धरायण और चारुदत्त से उद्धरण दिए हैं; भामह ने भी प्रतिकारार्थ में प्रतिज्ञायौगन्धरायण के स्थल को चुना है; दण्डी ने बालचरित और चारुदत्त के 'लिम्पतीव' आदि श्लोक का उल्लेख किया है; इसी प्रकार अभिनवगुप्त ने अपनी 'नाट्यवेदविवृति' में स्वप्नवासवदत्ता का उल्लेख किया है, यद्यपि अपने ध्वन्यालोकालोचन' में उसने स्वप्नवासवदत्ता के जिस श्लोक का उल्लेख किया है वह प्रस्तुत संग्रह में नहीं है। इन प्रमाणों के अतिरिक्त इनका छन्दों का प्रयोग भी क्लासिकल के विपरीत, अपना है। अधिकतर इनमें वीर श्लोक का व्यवहार हुआ है। साथ ही पाणिनीय व्याकरण के अनुबन्धों की अवमानना और प्राकृतों का इनका असाधारण व्यवहार हुआ है। साथ ही पाणिनीय व्याकरण भी इन्हें क्लासिकल नाटकों से पूर्व की कृतियाँ सिद्ध करते हैं। डॉ. मैक्स लिन्देनो ने इस दिशा में काफी प्रकाश डाला है। इनकी प्राचीनता घोषित करते हुए उन्होंने भरत के नाट्यशास्त्र' के प्रति इनकी अवमानना की ओर भी संकेत किया है।

इन प्रमाणों के विरुद्ध गणपति शास्त्री के इस संग्रह की कृतियों को भास की रचना न मानने वाले वर्ग ने भी अच्छा पर्याप्त प्रबल तर्क प्रस्तुत किया है जो इस प्रकार है; उनका कहना है कि नाटकों में रचयिता का नाम इस कारण नहीं दिया गया कि इनके लिखने वाले साहित्यिक चोर थे, जिससे जान-बूझकर उन्होंने नाटककार का नाम नहीं दिया। सूत्रधार-सम्बन्धी बाण के श्लोक के विषय में उनका

कहना है कि वह किसी विशेषता की ओर संकेत नहीं करता और उस निर्दोष, साधारण कथन से यह विशेष अर्थ निकालना अनुचित है, क्योंकि क्लासिकल नाटकों को भी 'सूत्रधारकृतारम्भ' कहने में किसी प्रकार की आपत्ति नहीं हो सकती । वस्तुतः यह रंगानुशासन दाक्षिणात्य पाण्डुलिपियों की विशेषता है न कि क्लासिकल नाटकों से पूर्व का होने का प्रमाण ।

राम पिशारोटी ने पहले वर्ग के प्रमाणों के विरुद्ध एक अत्यन्त मनोरंजक स्थिति की ओर संकेत किया । उन्होंने बताया कि ये नाटक के रत्न के पारम्परिक अभिनेताओं के संकलन हैं । इन अभिनेताओं (चक्यारों) की परम्परा यह है कि ये सभी समूचा नाटक नहीं खेलते, बल्कि ये कभी एक नाटक से दृश्य चुन लेते हैं कभी दूसरे से, और अपने प्रत्येक खेल के लिए उनका समान परिचय होता है । कुछ आश्चर्य नहीं कि इनकी प्रस्तावनाएँ बाद में लिखी गईं और प्रधान दृश्य मूलवत् या घटा-बढ़ाकर आवश्यकता के अनुकूल कर लिये गये, जिससे समान रूप से सम्पादित होने के कारण उनमें शैली, भाषा, वस्तु-गठन, रंग-निर्देश आदि की परस्पर समानता बनी रही । अलंकारशास्त्रियों के उद्धरण भी अनेक बार सर्वथा इन रचनाओं में या इनके प्रासंगिक स्थलों से नहीं मिलते । फिर यह भी सम्भव है कि प्राकृतों को शैली कालिक विकार से इतना सम्बन्ध न रखती हो जितना स्थानीय विभिन्नता से, जिस कारण यह क्लासिकल नाटकों की प्राकृतों से भिन्न हो सकती है, कुछ पूर्वकालिक होने से नहीं । प्रोफेसर विन्तर्निंत्स इन कारणों से इन रचनाओं को भास का नहीं मानते ।

डॉ. कीथ को भास-सम्बन्धी यह दृष्टिकोण मान्य नहीं । वे इन नाटकों को भास की ही कृतियाँ मानते हैं । उनका कहना है कि इस बात का इतना महत्त्व नहीं कि वे कृतियाँ भास की हैं या नहीं ? उत्तर इस बात का चाहिए कि सारी रचनाएँ एक ही व्यक्ति की हैं या नहीं ? और इसका कि वह व्यक्ति मृच्छकटिक और कालिदास का पूर्ववर्ती है या नहीं ? मृच्छकटिक' का इसलिए कि शूद्रक की यह कृति भास के 'चारुदत्त' का ही सम्भवतः बृहत्तर संस्करण है । और ये दोनों ही प्रश्न प्रायः अनुकूलार्थ में प्रतिपादित होते हैं । इन नाटकों को भास के मानने के विरोधी स्वयं मोरौस्वर्ने ने यह स्वीकार किया है कि 'चारुदत्त' 'मृच्छकटिक' का पूर्ववर्ती है ।

इसमें सन्देह नहीं कि स्वयं कालिदास के वक्तव्य—प्रथितयशसां

भाससौमिल्लकविपुत्रादीनां—के अतिरिक्त यूरोपीय पण्डितों मैक्स लिन्देनो, नोबल आदि—के संस्करण-समीक्षणों से यह प्रमाणित है कि भास-सम्बन्धी इन कृतियों की प्राकृत अश्वघोष और कालिदास के बीच के काल की है और यह कि 'चारुदत्त' निश्चय 'मृच्छकटिक' से पुराना है। (नोबल)

यह सही है कि कुछ उद्धरण गणपति शास्त्री वाले संस्करण से सर्वतः नहीं मिलते पर आखिर पाठभेद भी तो होते हैं। स्वयं कालिदास की कृतियों में परस्पर संस्करण-भेद से इतने पाठभेद हैं कि उनके बाद तो वर्षों उन पर तर्क-वितर्क हुए हैं। रघुवंश के 'वंक्षुतीरविचेष्टनैः' वाले पाठ में तो इतना अन्तर पड़ा है कि पंजाब और वाह्लीक (बाख्री, आमू तीर की भूमि) एक हो गए हैं और यह दोष मल्लिनाथ के-से असाधारण समीक्षक में बन पड़ा है (देखिये 'इण्डिया इन कालिदास', अ. 20-22)। भास वस्तुतः इतना लोकप्रिय था कि उसके संस्करण की सीमा न रही हो तो कुछ आश्चर्य नहीं। इसी कारण पाठभेद हुए होंगे और अलंकारशास्त्रियों और सुभाषितादिकों के उद्धरणों की असमानता इसी कारण है। इस बात को न भूलना चाहिए कि ऐसे श्लोक या स्थल जो गणपति शास्त्री वाले संस्करण में नहीं हैं वे भी भाषा, शैली और ध्वनि में इस संस्करण की भाषा आदि से सर्वथा समान हैं।

इस स्वीकृति के अनुकूल ही एक प्रमाण कालिदास के 'मालविक्राग्निमित्र' में है जिसकी ओर विद्वानों का ध्यान नहीं गया है। उस नाटक में (पृ. 17, कालेकर संस्करण) 'प्राशिनक' शब्द का व्यवहार हुआ है। प्राशिनक रंग के विशेषज्ञ थे और उसका काम था कि प्रारम्भिक खेल को देखकर राजा से उनकी स्तुति या निन्दा में अपना निर्णय कहें। भरत ने भी अपने नाट्यशास्त्र' में इन रंग-विशेषज्ञों—प्राशिनकों—का वर्णन किया है। कालिदास को अपनी पहली नाट्यकृति—मालविकाग्निमित्र—के सम्बन्ध में शंका निश्चय रही होगी जो उनके वक्तव्य—ख्यातिलब्ध भास, सौमिल्ल और कविपुत्र के प्रबन्धों (नाटकों) को छोड़ (लाँघकर, निरादर कर) नये नाटक को खेलना कहाँ तक उचित है?—से स्पष्ट है। परन्तु उन प्राशिनकों ने 'मालविकाग्निमित्र' को प्रमाणतः पास कर दिया। इसी प्रसंग में (प्राशिनकों के) भास का नाम लेना विशेष अर्थ रखता है। राजशेखर ने 'स्वप्नवासवदत्ता' की विशेष प्रशंसा की है। वह नाटक ('नाटक' शब्द का प्रयोग साधारण अर्थ में कर रहा हूँ।) लगता है, 'प्राशिनक'-पद्धति से प्रमाणित हो चुका था और इसी से विशेषतया राजशेखर (ल. ९०० ई.) आदि की स्तुति का विषय

बना था। इसी से सम्भवतः कालिदास ने उस प्रसंग में भास का नाम लिया। अतः उपलब्ध 'स्वप्नवासवदत्ता' को ही भास का प्रसिद्ध नाटक मानना चाहिए। हाँ, उसकी सर्वथा मूल स्थिति में सदियों के व्यवहार ने यदि पाठभेद कर अन्तर डाल दिया हो तो कुछ अजब नहीं, स्वाभाविक ही है।

यह भी जब-तब कहा जाता है कि सम्भव है कि एक ही बड़े नाटक के, दोनों प्रतिज्ञायौगन्धरायण और स्वप्नवासवदत्ता, पूर्व और परभाग हों। सही प्रतिज्ञायौगन्धरायण में स्वप्नवासवदत्ता के पहले की घटना दी हुई हैं उसमें छद्मगज के धोखे से वत्सराज यौगन्धरायण के प्रण के अनुकूल प्रद्योतकन्या वासवदत्ता को कौशाम्बी ले भागता है स्वप्नवासवदत्ता में उसके बाद मगधराज दर्शक की भगिनी पद्मावती से उदयन के विवाह की कथा है और वह विवाह वासवदत्ता के जल मरने के भ्रम में सम्पन्न होता है। पर इसी कारण यह अनिवार्य तर्क नहीं हो सकता कि दोनों कृतियाँ एक की ही अंग हों। उदयन की कथा कला और साहित्य में इतनी प्रसिद्ध और लोकप्रिय थी कि उस प्रसंग की अनेक रचनाएँ जानी हुई हैं। आज के युग में भी एक ही साहित्यकार ने दो दो बार उदयन पर लिखा हैं स्वयं इन पंक्तियों के लेखक ने अनेक बार वत्सराज के प्रसंग पर कहानी, निबन्ध आदि लिखे हैं। इससे यह मानने में कोई दोष नहीं कि स्वप्नवासवदत्ता और प्रतिज्ञायौगन्धरायण दोनों स्वतन्त्र कृतियाँ हैं और दोनों ही महाकवि भास की हैं।

भास के ये गणपति शास्त्री वाले तेरह नाटक निम्नलिखित हैं—

1. स्वप्नवासवदत्ता, 2. प्रतिज्ञायौगन्धरायण, 3. अविमारक, 4. चारुदत्त, 5 प्रतिमा, 6. अभिषेक 7. पंचरात्र, 8. दूतवाक्य, 9. मध्यमव्यायोग, 10. दूतघटोत्कच, 11. कर्णभार, 12. ऊरुभंग 13. बालचरित।

इनमें से पहले चार की कथाएँ सम्भवतः 'बृहत्कथा' से ली गई हैं। यद्यपि प्रतिज्ञायौगन्धरायण और स्वप्नवासवदत्ता की कथा अत्यन्त लोकप्रिय रही होगी। चारुदत्त की तो थी ही, जिससे वह छोटे नाटक से तृप्त न होकर परवर्ती शूद्रक ने उसी के आधार पर, उसी के नायक-नायिका, पात्र, कथा लेकर मृच्छकटिक-सा बड़ा नाटक लिखा। 5 और 6 की कथा रामायण से ली गई है, 7 से 12 की महाभारत से ओर 13 की कृष्णचरित-सम्बन्धी किसी पुराण से।

स्पष्ट है कि कुशल कलावन्त भास ने रामायण, महाभारत, पुराण और लोक-प्रचलित प्रसंगों को और अधिक लोकप्रिय करने के लिए उन्हें रंगमंच पर उतार दिया। इनमें स्वप्नवासवदत्ता, प्रतिज्ञायौगन्धरायण और चारुदत्त मुझे बहुत

प्रिय हैं। अविमारक अलौकिक होने के कारण इतना आकृष्ट नहीं करता। रामायण और महाभारत की कथाएँ अधिकतर जानी हुई हैं।

प्रस्तुत संग्रह स्वप्नवासवदत्ता और प्रतिज्ञायौगन्धरायण के अनुवादों का है त्रुटियाँ इनमें अनेक हो सकती हैं, और आशा करता हूँ कि विज्ञ पाठक मेरा ध्यान उनकी ओर आकृष्ट करेंगे, जिससे अगले संस्करण में उन्हें सुधारा जा सके। यदि हिन्दी के पाठकों का इस संग्रह से कुछ मनोरंजन हुआ तो अनुवादक की लेखनी सफल होगी।

स्वप्नवासवदत्ता

पात्र-परिचय

सूत्रधार	:	नाटक का संचालक
उदयन	:	वत्स देश का राजा
भट	:	मगधराज के सेवक
यौगन्धरायण	:	उदयन का प्रधानमन्त्री
वासवदत्ता	:	उदयन की पटरानी
कंचुकी	:	अन्तःपुर का सेवक
पद्मावती	:	उदयन की दूसरी पत्नी
चेटी	:	पद्मावती की सेविका
तापसी	:	आश्रमवासिनी स्त्री
धात्री	:	पद्मावती की उपमाता
विदूषक	:	उदयन का मित्र
पद्मिनिका **मधुरिका**		मगधराज की सेविकाएँ
वसुन्धरा	:	वासवदत्ता की उपमाता
रैभ्य	:	अविन्तराज का कंचुकी
विजया	:	उदयन की प्रतिहारी
ब्रह्मचारी	:	लावणकवासी एक छात्र

पहला अंक

स्थापना

(नान्दी के अन्त में सूत्रधार का प्रवेश)

सूत्रधार : नवोदित चन्द्रमा के वर्ण की, आसव के कारण
शक्तिशाली, पद्मा के संयोग से पूर्ण और वसन्त-सी कमनीय
बलराम की भुजाएँ तुम्हारी रक्षा करें।
महानुभावों से इस प्रकार निवेदन है...आह! यह मेरे विज्ञापन के
आरम्भ में ही क्या सुन पड़ा? अच्छा, देखता हूँ।
(नेपथ्य में)
मार्ग छोड़ें, हटें! आर्य, मार्ग छोड़ दें!

सूत्रधार : अच्छा, समझा।
राजकन्या के साथ आने वाले मगधराज के प्रिय अनुचर तपोवन
के सारे लोगों को धृष्टतापूर्वक हटा रहे हैं।
(प्रस्थान)

दो भट : *(प्रवेश करके)* मार्ग, छोड़ें, हटें आर्य! मार्ग छोड़ दें! मार्ग छोड़
दें!
*(परिव्राजक के वेश में यौगन्धरायण और आवन्तिका के वेश में
वासवदत्ता का प्रवेश)*

यौगन्ध. : *(कान लगाकर सुनता है।)* हैं! यहाँ भी लोग हटाए जा रहे हैं!
धीर, वन के फलों से ही सन्तुष्ट, वल्कलधारी, पूजनीय आश्रमवासियों
में क्यों भय उत्पन्न कर रहे हैं? अरे, यह कौन अभिमानी,
विनयरहित, चंचल भाग्य से उन्मत्त जन है जो अपनी आज्ञा से
इस तपोवन के साथ गाँव-सा व्यवहार कर रहा है?

वासवदत्ता : आर्य, यह कौन है जो लोगों को हटा रहा है?

यौगन्ध. : देवि, वही जो धर्म के मार्ग से अपने को हटा रहा है।

वासवदत्ता : आर्य, मेरा मतलब उससे नहीं है। तात्पर्य यह है कि मुझ तक को हटाया जा रहा है।

यौगन्ध. : देवि, अनजाने देवता इसी प्रकार दूर किये जाते हैं।

वासवदत्ता : आर्य, थकावट इतना दुःख नहीं दे रही है, जितना यह अपमान दे रहा है।

यौगन्ध. : यही शक्ति कभी आपकी थी जो आपने अब छोड़ दी है। अब उसकी चिन्ता न करें। क्योंकि—

पहले कभी यथेच्छ का सामर्थ्य आपमें भी था, और पति के विजयी होने पर एक बार फिर आप प्रशंसनीय होंगी। क्योंकि काल के अनुसार घूमते हुए पहिये की तीलियों की तरह जगत् का भाग्य भी घूमता है।

दोनों भट : मार्ग छोड़ें, आर्य! मार्ग छोड़ दें!

(कंचुकी का प्रवेश)

कंचुकी : सम्भषक, इस प्रकार लोगों को न हटाओ, न हटाओ। देखो, राजा पर दोष न डालना। आश्रमवासियों के प्रति कठोरता का प्रयोग उचित नहीं। ये मनस्वी नगर के अपमान से बचने के लिए ही जंगल में आ बसे हैं।

दोनों भट : आर्य, ऐसा ही होगा।

(प्रस्थान)

यौगन्ध. : अहा! यह तो समझदार जान पड़ता है। बेटी, आओ ज़रा इसके पास चलें।

वासवदत्ता : आर्य, ऐसा ही करें।

यौगन्ध. : *(पास पहुँचकर)* देखिए, लोग राह से हटाए क्यों जा रहे हैं?

कंचुकी : ओ तपस्वी?

यौगन्ध. : *(अपने-आप)* तपस्वी—यह नाम तो सचमुच सुन्दर है। परन्तु अभ्यस्त न होने से यह नाम मन को रुचता नहीं।

कंचुकी : आर्य, सुनें। पिता द्वारा रखे नाम के धारण करने वाले हमारे महाराज दर्शक की भगिनी यह पद्मावती है। हमारे महाराज की

माता महादेवी से मिलने आई है जो आश्रम में रह रही हैं। उनकी अनुमति से फिर कुमारी राजगृह ही जाएँगी। इस बीच आश्रम में ही ठहरना चाहती हैं।

तथापि,

आप अपनी इच्छानुसार वन से तीर्थजल, समिधा, फूल और दूब लाएँ—क्योंकि यही तपस्वियों के धन हैं। राजपुत्री को धर्म इष्ट है, वह कभी तपस्वियों में धर्म का क्षय नहीं देख सकतीं—यह उसके कुल की प्रतिज्ञा है।

यौगन्ध. : *(अपने-आप)* अच्छा, यह बात है! यह वही मगधराज की कन्या पद्मावती है जिसके लिए पुष्पभद्र आदि भविष्यद्रष्टाओं ने घोषणा की है कि वह हमारे स्वामी की रानी होगी? और जिस प्रकार हमारे संकल्पों से घृणा अथवा मान का उदय होता है, उसी प्रकार इसके मेरे स्वामी की भावी पत्नी होने के कारण इससे मेरी बड़ी ममता हो गई है।

वासवदत्ता : *(स्वगत)* इसका राजपुत्री होना सुनकर इसके प्रति मेरा भगिनी-सा स्नेह हो रहा है।

(पद्मावती का अपने परिजनों और चेटी के साथ प्रवेश)

चेटी : पधारें, पधारें, राजकुमारी। इस आश्रम में प्रवेश करें।

(बैठी हुई तापसी का प्रवेश)

तापसी : स्वागत, राजकुमारी।

वासवदत्ता : *(अपने-आप)* यही वह राजकुमारी है। इसका रूप इसके आभिजात्य के अनुकूल ही है।

पद्मावती : आर्ये, वन्दे!

तापसी : चिरंजीवी! प्रवेश करो बेटी! पधारो! आश्रम वास्तव में अतिथि के लिए अपना घर ही है।

पद्मावती : धन्यवाद, आर्ये, धन्यवाद! विश्वस्त हुई। इस आदर भरे वचन से अनुगृहीत हुई।

वासवदत्ता : *(अपने-आप)* इसका रूप ही नहीं बल्कि वाणी भी बड़ी मधुर है।

चेटी : हाँ, प्रद्योत नाम का उज्जयिनी का राजा है। उसने अपने बेटे की ओर से दूत भेजा है।

वासवदत्ता : *(अपने-आप)* भला। तब तो यह मेरी आत्मीय ही है।

तापसी : इसका रूप है ही उस आदर का पात्र। सुनते हैं कि दोनों राजकुल महान् हैं।

पद्मावती : आर्य, क्या आपने ऐसे मुनिजन देखे जो मेरी भेंट लेकर मुझे अनुगृहीत करें? इच्छा के अनुकूल माँगने वाले तपस्वियों से कहें कि जो कुछ अभिप्रेत हो मुझसे माँगें।

कंचुकी : कुमारी की जो इच्छा। हे आश्रम में रहने वाले तपस्वी लोगों, सुनो! सुनो! यह मगधराज की कन्या आपके उपजाए विश्वास से उत्साहित होकर आपको धर्मार्थ भेंट लेने के लिए निमन्त्रित करती है।

किसको कलश चाहिए? कौन वस्त्र की इच्छा करता है? गुरु के पास अध्ययन समाप्त कर जो दक्षिणा देना चाहता है, उसे क्या चाहिए? धर्म किसे अत्यन्त प्रिय है, ऐसी राजकुमारी आपके अनुग्रह की कामना करती है। जो-जो वस्तु जिसको लेने की इच्छा है वह बताए—आज किसको क्या दे?

यौगन्ध. : अच्छा, उपाय सूझा *(प्रकट)* हे, मुझे कुछ माँगना है।

पद्मावती : इस आश्रम के सभी तपस्वी सन्तुष्ट हैं। यह माँगने वाला निश्चय आगन्तुक *(अजनबी)* है।

कंचुकी : आर्य, आप के लिए क्या करें?

यौगन्ध. : यह मेरी भगिनी है। इसका पति विदेश गया हुआ है। चाहता हूँ कि देवी कुछ काल तक इसे अपने साथ रखकर इसका परिपालन करें। क्योंकि, मुझे धन, भोग अथवा वस्त्र से कोई प्रयोजन नहीं। मैंने रोज़ी के लिए यह काषाय वस्त्र नहीं धारण किया। यह धीर राजकन्या जिसने अपनी धर्मप्रियता का स्पष्ट परिचय दिया है। निश्चय मेरी भगिनी के चरित्र की रक्षा कर सकती है।

वासवदत्ता : *(अपने-आप)* आर्य यौगन्धरायण मुझे यहाँ छोड़ने की इच्छा करते हैं। ऐसा ही हो, आखिर वे बिना विचारे कुछ न करेंगे।

कंचुकी : देवि, उनका मनोरथ तो बहुत बड़ा है। भला हम किस प्रकार उसे स्वीकार करेंगे? क्योंकि, धन सुखपूर्वक दिया जा सकता है, प्राण और तप तक सुख से दिये जा सकते हैं। सब कुछ प्रसन्नता

से दिया जा सकता है, परन्तु थाती की रक्षा करना बड़ा कष्टकर
है ।

पद्मावती : आर्य, पहले यह घोषणा करके कि कौन किस वस्तु की इच्छा करता
है, अब उस पर विचार करना अनुचित है । जो यह कहता है वही,
आर्य, सम्पन्न करें ।

कंचुकी : यह वक्तव्य देवी के अनुकूल ही है ।

चेटी : स्वामी की कन्या, जो ऐसी सत्यवादिनी, है, चिर जीवे!

तापसी : भद्रे, चिर जीवो ।

कंचुकी : देवि! ऐसा ही होगा *(यौगन्धरायण के पास जाकर)* आर्य, देवी आपकी
भगिनी का परिपालन स्वीकार करती हैं ।

यौगन्ध. : उनका अनुगृहीत हूँ । बच्ची, देवी के समीप जाओ ।

वासवदत्ता : *(अपने-आप)* उपाय ही क्या है! अभागी जो हूँ, जाना ही होगा ।

पद्मावती : अच्छा, अब यह हमारी हुई ।

तापसी : जैसी इसकी आकृति है, उससे तो यह भी मेरे मत से राजपुत्री
की जान पड़ती है ।

चेटी : आर्या सही कहती हैं । मुझे भी ऐसा लगता है कि इसने अच्छे
दिन देखे हैं ।

यौगन्ध. : *(स्वगत)* आह! आधा भार उतर गया । जैसे मन्त्रियों के साथ निश्चित
किया था, ठीक वैसा ही सम्पन्न हो गया । जब मेरे स्वामी फिर
से अपने अधिकार स्वायत्त कर लेंगे तब देवी को उन्हें लौटा दूँगा,
और उस समय मगध की राजपुत्री मेरा साक्ष्य करेगी ।
क्योंकि,
पद्मावती को हमारे राजा की महिषी होना ही है, ऐसी उन्होंने ही
भविष्यवाणी की है जिन्होंने इस विपत्ति की भी घोषणा की थी ।
उनका विश्वास करने के कारण ही मैंने ऐसा आचरण किया है ।
निश्चय भाग्य भी समुचित रीति से कहे हुए ऋषिवचनों को मिथ्या
नहीं करता ।

(ब्रह्मचारी का प्रवेश)

ब्रह्मचारी : *(ऊपर देखकर)* दोपहर हो गई है । बहुत थक गया हूँ । कहाँ विश्राम
करूँ? *(घूमकर)* अच्छा, देखा । इसे तपोवन ही होना चाहिए ।

क्योंकि, स्थान को विश्वसनीय मानकर आश्वस्त हरिण निर्भय घूम रहे हैं। फूल और फलों से लदी डालियों वाले वृक्ष सबकी दया से रक्षित हैं। पीली गायों के दल भी अनेक हैं और चारों ओर बिना जुते खेत पड़े हुए हैं। अनेक ओर से धुआँ उठ रहा है। निस्सन्देह यह तपोवन ही है।

अस्तु, देखता हूँ। *(प्रवेश करता है।)*

यह मनुष्य तो आश्रम का नहीं जान पड़ता *(दूसरी ओर देखकर)* परन्तु कुछ तपस्वी भी तो हैं। उनके पास जाने में कोई हानि नहीं। पर यहाँ तो स्त्रियाँ हैं!

कंचुकी : निर्द्वन्द्व प्रवेश करें। आश्रम सबका समान रूप से होता है।

वासवदत्ता : हूँ!

पद्मावती : आर्या दूसरे पुरुष का दर्शन अंगीकार नहीं करतीं। इस थाती की रक्षा निश्चय रूप से करनी होगी।

कंचुकी : देखिए, हम आपसे पहले आए हैं, अतः आतिथ्य स्वीकार करें।

ब्रह्मचारी : *(जल पीता हुआ)* धन्यवाद! धन्यवाद! थकान दूर हो गई।

यौगन्ध. : श्रीमान्, कहाँ से आए? कहाँ जाएँगे? आर्य का निवासस्थान कहाँ है।

ब्रह्मचारी : श्रीमान् सुनें। राजगृह का रहने वाला हूँ। वेद के विशेष अध्ययन के लिए वत्स देश के लावाणक नाम के गाँव में रहता हूँ।

वासवदत्ता : *(स्वगत)* अच्छा, लावाणक; लावाणक नाम के उच्चारण से मेरा सन्ताप फिर से नया हो उठा।

यौगन्ध. : तो क्या विद्याध्ययन समाप्त हो गया?

ब्रह्मचारी : अभी नहीं

यौगन्ध. : यदि अभी अध्ययन समाप्त नहीं हुआ तो चले आने का प्रयोजन क्या था।

ब्रह्मचारी : वहाँ एक अत्यन्त दारुण घटना घटी।

यौगन्ध. : वह क्या?

ब्रह्मचारी : वहाँ उदयन नाम का राजा रहता था।

यौगन्ध. : हाँ, उदयन का नाम तो सुना है। उसका क्या हुआ?

ब्रह्मचारी : अवन्तिराज की वासवदत्ता नाम की कन्या उसकी परमप्रिय पत्नी थी।

यौगन्ध. : होगी। फिर?

ब्रह्मचारी : तब उस राजा के शिकार खेलने चले जाने पर गाँव में आग लग जाने से वह जल गई।

वासवदत्ता : *(स्वगत)* असत्य है, असत्य है। यह मैं मन्दभागिन अब भी जीवित हूँ।

यौगन्ध. : उसके बाद?

ब्रह्मचारी : तब उसकी रक्षा का प्रयत्न करता हुआ यौगन्धरायण नाम का सचिव भी उसी अग्नि में गिर पड़ा।

यौगन्ध. : सच ही गिर पड़ा। अच्छा फिर?

ब्रह्मचारी : तब लौटने पर राजा यह हाल सुनकर उनके वियोग से उत्पन्न दुःख से दुःखी होकर उसी अग्नि में प्राण छोड़ने को उद्यत हुआ। तब बड़े यत्न से मन्त्रियों ने उसे रोका।

वासवदत्ता : *(स्वगत)* जानती हूँ, अपने प्रति आर्यपुत्र का प्रेम जानती हूँ।

यौगन्ध. : तब क्या हुआ?

ब्रह्मचारी : तब उसके शरीर पर पहने हुए जलने से बचे आभूषणों को हृदय से लगाकर राजा मूर्च्छित हो गया।

सब एकसाथ : हाय!

वासवदत्ता : *(स्वगत)* अब आर्य यौगन्धरायण सन्तोष-लाभ करेंगे।

चेटी : भर्तृदारिके *(राजकुमारी)*, आर्या रो रही हैं।

पद्मावती : स्वभाव से बहुत कोमल हैं।

यौगन्ध. : हाँ, निश्चय ही मेरी भगिनी स्वभाव से ही अत्यन्त भावुक है। फिर उसके बाद?

ब्रह्मचारी : फिर धीरे-धीरे उसके होश लौटे।

पद्मावती : प्रसन्नता है कि वह जीवित है। उसका मूर्च्छित होना सुनकर मेरा हृदय शून्य हो गया था।

यौगन्ध. : तब क्या हुआ?

ब्रह्मचारी : तब भूमि पर लौटने के कारण धूल से लाल शरीर वाला वह राजा सहसा उठकर, 'हा वासवदत्ता! हा वासवदत्ता! हा अवन्तिराजपुत्री! हा प्रिये! हा प्रियशिष्या!' कहकर देर तक विलाप करता रहा। संक्षेप में, अब चक्रवाक अथवा स्त्री से विशेष रूप से वियुक्त

दूसरा कोई उसके समान नहीं है। धन्य है वह स्त्री जिससे उसका पति इस प्रकार प्रेम करता है। पति के स्नेह के कारण वह जलकर भी नहीं जली।

यौगन्ध. : सुनिए श्रीमान्, क्या किसी मन्त्री ने उसको प्रकृतिस्थ करने का प्रयत्न न किया?

ब्रह्मचारी : हाँ, रुमण्वत् नाम का एक सचिव था, जिसने उसे प्रकृतिस्थ करने का दृढ़ प्रयत्न किया। क्योंकि, उसने राजा के अनुसरण में आहार त्याग दिया। उसके निरन्तर रोते रहने से उसका मुख दुबला हो गया। शरीर में कपड़े तक उसने राजा की ही भाँति दुःखव्यंजक पहन लिए। दिन-रात वह यत्नपूर्वक राजा की सेवा करता है। यदि कहीं राजा अपने प्राण त्याग देता तो वह भी अपने प्राण त्यागने से न चूकता।

वासवदत्ता : *(स्वगत)* भाग्यवश आर्यपुत्र अच्छे हाथों में हैं।

यौगन्ध. : *(स्वगत)* अहा! रुमण्वत् को बड़ा भार वहन करना पड़ रहा है। मैं जिस भार को वहन कर रहा हूँ उसमें कुछ आराम है, परन्तु उसके श्रम में आराम कहीं नहीं क्योंकि जिस पर राजा निर्भर करता है, उस पर सभी कुछ निर्भर करता है।

(प्रकट) अच्छा, आर्य, राजा क्या अब पूरे स्वस्थ हो गये?

ब्रह्मचारी : वह तो मैं इस समय नहीं जानता। 'यहाँ उसके साथ हँसा, यहाँ उससे यह बात कही, यहाँ उसके साथ सोया,' इस प्रकार विलाप करते हुए राजा को मन्त्री बड़े यत्न से पकड़कर बाहर ले जा सके। तब राजा के चले जाने पर वह गाँव चन्द्रमा और तारों के डूब जाने से आकाश की भाँति, जब अनाकर्षक हो गया, मैं भी चला आया।

तापसी : वह राजा निश्चय गुणवान् होगा, क्योंकि आगन्तुक तक उसकी प्रशंसा करते हैं।

चेटी : स्वामिकन्ये, क्या किसी अन्य स्त्री को वह स्वीकार कर सकता है?

पद्मावती : *(स्वगत)* ठीक यही मेरा हृदय भी पूछता है।

ब्रह्मचारी : आप दोनों से आज्ञा लेता हूँ। अब चलता हूँ।

दोनों : जाएँ, मनोरथ सिद्ध हो?

ब्रह्मचारी : तथास्तु। *(जाता है।)*

योगन्ध. : साधु, मैं भी भगवती की अनुमति से अब जाना चाहूँगा।

कंचुकी : भगवती की इच्छा से ये जाना चाहते हैं।

पद्मावती : आर्य, आपकी भगिनी आपके बिना उत्कण्ठित होगी।

योगन्ध. : साधुजनों के हाथ में होने के कारण उत्कण्ठित नहीं होगी : *(कंचुकी की ओर देखकर)* अब चला।

कंचुकी : जाएँ, फिर दर्शन दें।

योगन्ध. : तथास्तु! *(चला जाता है।)*

कंचुकी : अब भीतर प्रवेश का समय हो गया।

पद्मावती : आर्ये, वन्दे!

तापसी : बेटी, अपने ही सदृश तुम्हें पति मिले।

वासवदत्ता : आर्ये, प्रणाम करती हूँ।

तापसी : तुम्हें भी तुम्हारा पति फिर से शीघ्र मिले।

वासवदत्ता : अनुगृहीत हुई।

कंचुकी : तब चलें। इधर, भगवती! इस समय, पक्षी बसेरा ले रहे हैं; मुनिजन जल से तर्पण कर रहे हैं, अग्नि प्रज्वलित है, धुआँ सारे तपोवन से उठ रहा है। सूर्य भी ऊँचे आकाश से नीचे उतरकर अपनी किरणे बटोर रहा है, और अपना रथ लौटाकर धीरे-धीरे अस्ताचल की ओर चला जा रहा है।

(सबका प्रस्थान)

पहला अंक समाप्त

दूसरा अंक

प्रवेशक

(चेटी का प्रवेश)

चेटी : कंजरिके! कंजरिके! स्वामिकन्या पद्मावती किधर हैं? क्या कहती है? स्वामिकन्या माधवी लतामण्डप की बगल में कन्दुक से खेल रही हैं? तब स्वामिकन्या के पास जाती हूँ! *(घूमकर देखती हुई)* कुमारी स्वयं गेंद खेलती हुई आ रही हैं। उनके कर्णकुंडल ऊपर उठे हुए हैं, जिससे मुख श्रम के कारण सुन्दर लग रहा है। अब पास चलती हूँ।

(प्रस्थान)

(वासवदत्ता के साथ गेंद खेलती हुई पद्मावती का सपरिवार प्रवेश)

वासवदत्ता : प्रिये, तुम्हारी गेंद यह रही।

पद्मावती : आर्ये, अब बस।

वासवदत्ता : प्रिये, बड़ी देर तक गेंद खेलने से लाल हो जाने के कारण तुम्हारे हाथ दूसरे के से-लगते हैं।

चेटी : खेलें, खेलें राजकुमारी! कुमारी-जीवन का यह रमणीय काल है, उसका सदुपयोग करें।

पद्मावती : आर्ये, इस समय मेरी हँसी करती-सी क्यों देख रही हैं?

वासवदत्ता : नहीं, नहीं प्रिये! आज तुम विशेष सुन्दर लग रही हो। आज मैं सब ओर सुन्दर मुख देखती हूँ।

पद्मावती : रहने दें, मेरा उपहास न करें।

वासवदत्ता : अच्छा, महासेन की भावी वधू, मैं चुप हूँ।

पद्मावती : यह महासेन कौन है?

वासवदत्ता : प्रद्योत नाम का उज्जयिनी का राजा। उसकी सेना असीम होने के कारण उसका 'महासेन' नाम पड़ा।

चेटी : उस राजा के साथ हमारी कुमारी सम्बन्ध नहीं चाहतीं।

वासवदत्ता : तब किसके साथ चाहती हैं?

चेटी : उदयन नाम के वत्सराज के साथ। कुमारी उसके गुणों पर मुग्ध हो गई हैं।

वासवदत्ता : *(स्वगत)* सो यह आर्यपुत्र की पतिरूप में कामना करती हैं! *(प्रकट)* किस कारण?

चेटी : क्योंकि वे अत्यन्त कोमल हृदय हैं।

वासवदत्ता : *(स्वगत)* जानती हूँ, जानती हूँ, मैं भी कभी इसी प्रकार उन्मत्त हो उठी थी।

चेटी : कुमारी, और यदि कुरूप हुआ तो?

वासवदत्ता : नहीं, नहीं, अत्यन्त दर्शनीय है।

पद्मावती : आर्या आप कैसे जानती हैं?

वासवदत्ता : *(स्वगत)* आर्यपुत्र के प्रति पक्षपात के कारण मैंने सदाचार की सीमा पार कर दी। अब क्या करूँ? अच्छा, सूझा उपाय। *(प्रकट)* ऐसा ही उज्जयिनी के लोग कहते हैं प्रिये!

पद्मावती : ठीक है! उज्जयिनी के लिए वे दुर्लभ नहीं हैं। और फिर सुन्दरता सबको समान रूप से अभिराम लगती है।

(धात्री का प्रवेश)

धात्री : कुमारी की विजय हो! कुमारी तुम्हारी मँगनी हो गई।

वासवदत्ता : किसके साथ, आर्ये?

धात्री : वत्सराज उदयन के साथ।

वासवदत्ता : वे राजा कुशलपूर्वक तो हैं?

धात्री : हाँ वे कुशलपूर्वक यहाँ आए हैं और राजकुमारी को उन्होंने स्वीकार किया है!

वासवदत्ता : कितना बड़ा अहित हुआ?

धात्री : इसमें अहित क्या हुआ?

वासवदत्ता : कुछ भी नहीं, यही कि इतना शोक करने के बाद उदासीन हो गए।

धात्री : आर्ये, महापुरुष पहले दुःख से संतप्त हो जाते हैं परन्तु बाद में शीघ्र ही प्रकृतिस्थ भी हो जाते हैं।

वासवदत्ता : आर्ये क्या उन्होंने स्वयं ही विवाह का प्रस्ताव किया?

धात्री : नहीं, नहीं यहाँ वे दूसरे प्रयोजन से आए थे, फिर महाराज ने स्वयं उनके आभिजात्य, ज्ञान, वय और रूप को देखकर यह प्रस्ताव किया।

वासवदत्ता : *(स्वगत)* ऐसा। आर्यपुत्र इसमें सर्वथा निर्दोष हैं।

(दूसरी चेटी का प्रवेश)

चेटी : आर्ये, जल्दी करें, जल्दी करें। आज का शुभ लग्न है। हमारी स्वामिनी का कहना है कि आज ही विवाह सम्पन्न हो जाना चाहिए।

वासवदत्ता : *(स्वगत)* जितनी ही शीघ्रता ये लोग करते हैं, मेरा हृदय उतना ही अंधकार से भरता जाता है।

धात्री : चलें, कुमारी चलें।

(सब जाते हैं।)

दूसरा अंक समाप्त

तीसरा अंक

(विचारती हुई वासवदत्ता का प्रवेश)

वासवदत्ता : विवाह के आनन्द से भरे अन्तःपुर की चतुःशाला मण्डप में पद्मावती को छोड़कर यहाँ प्रमदवन में आई हूँ, जिससे भाग्य के दिये हुए दुःखों से अवकाश पाकर मन बहलाऊँ। *(घूमकर)* आह, दुःख की भी सीमा होती है। आर्यपुत्र भी अब पराये हो गए! अब मैं बैठ जाऊँ। *(बैठकर)* चक्रवाकी धन्य है, जो अपने चक्रवाक से बिछुड़कर फिर नहीं जीती। पर मैं अपने प्राण नहीं छोड़ पाती। आर्यपुत्र को देख लेने-भर के मनोरथ के लिए मैं अभागिनी जीती हूँ।

(फूल लिए हुए चेटी का प्रवेश)

चेटी : आर्या आवन्तिका किधर गईं। *(घूमकर देखती है।)* ओह, कुहरे में लिपटे चन्द्रमा की भाँति भद्रवसन पहने चिन्तित हृदय वाली आर्या, प्रियंगु लता के नीचे शिलापट्ट पर वहाँ बैठी हैं। उनके पास चलूँ। *(उसके पास जाकर)* आर्ये आवन्तिके, कितनी देर से आपको ढूँढ़ रही हूँ।

वासवदत्ता : किसलिए?

चेटी : हमारी भट्टिनी रानी कहती हैं कि आप महाकुल में उत्पन्न हैं, स्नेहशील और चतुर हैं। अतः आर्या ही यह विवाह की माला गूँथें।

वासवदत्ता : पर किसके लिए गूँथें।

चेटी : हमारी भर्तृदारिका राजकुमारी के लिए।

वासवदत्ता : *(स्वगत)* हाय, यह भी मुझे करना पड़ा! देवता निष्ठुर हैं।

चेटी : आर्ये, इस समय अब कुछ और चिन्ता न करें। मणिभूमि में जमाता अब स्नान कर रहा है, अतः शीघ्र माला गूँथ दें।

वासवदत्ता : *(स्वगत)* दूसरा कुछ सोच भी तो नहीं सकती।

(प्रकट) : भद्रे, क्या तूने जमाता को देखा?

चेटी : हाँ, देखा राजकुमारी के स्नेह से, अपने कुतूहल से।

वासवदत्ता : जमाता कैसा है?

चेटी : आर्ये, सच पूछो तो ऐसा कभी देखा ही नहीं।

वासवदत्ता : कह-कह, भद्रे, क्या सुंदर है?

चेटी : कह सकती हूँ, कि धनुष-बाण से रहित स्वयं कामदेव है।

वासवदत्ता : अच्छा, अब बस करो।

चेटी : किसलिए रोक रही हैं?

वासवदत्ता : क्योंकि परपुरुष की प्रशंसा सुननी अनुचित है

चेटी : अच्छा, आर्ये, शीघ्र माला गूँथ दें।

वासवदत्ता : हाँ, गूँथती हूँ, लाओ।

चेटी : आर्ये, लें।

वासवदत्ता : *(टोकरी को उलटकर फूलों को देखती हुई)* इस वनस्पति का क्या नाम है?

चेटी : अविधवाकरण।

वासवदत्ता : *(स्वगत)* इसे बहुत गूँथूँगी, अपने लिए भी, पद्मावती के लिए भी। *(प्रकट)* और इस वनस्पति का क्या नाम है?

चेटी : सपत्नीमर्दन।

वासवदत्ता : इसे नहीं गूँथना है।

चेटी : क्यों?

वासवदत्ता : उसकी पत्नी मर चुकी है, उससे उसका कुछ प्रयोजन नहीं है।

(दूसरी चेटी का प्रवेश)

चेटी : जल्दी करें आर्ये, जल्दी करें। जामाता को सुहागिन स्त्रियाँ विवाह-मण्डप में ले जा रही हैं।

वासवदत्ता : अरे, करती हूँ। ले इसे।

चेटी : ठीक आर्ये, चली मैं अब।

(दोनों का प्रस्थान)

वासवदत्ता : चली गई। घोर अभाग्य है! आर्यपुत्र भी अब पराये हो गए! अब शय्या पर चलकर दुःख को भुलाऊँ यदि नींद लग सके।

(प्रस्थान)

तीसरा अंक समाप्त

चौथा अंक

(विदूषक का प्रवेश)

विदूषक : *(प्रसन्नता से)* भाग्य से वत्सराज के मनोवांछित विवाहमंगल के रमणीय दिन देखने को मिले। आह, कौन जानता था कि इस प्रकार के अनर्थ-सलिल के भँवर में गिर जाने पर भी फिर से उद्धार हो सकेगा? इस समय राजप्रसाद में रह रहा हूँ, अन्तःपुर की दीर्घिकाओं में स्नान करता हूँ, मधुर और सुकुमार लड्डू आदि खाद्य-सामग्री का आहार करता हूँ। वस्तुतः अप्सराओं का सहवास छोड़ उत्तरकुरु के सारे सुख प्रस्तुत हैं। एक ही महान् दोष है, मेरा आहार जल्दी पचता नहीं और चूँकि सुन्दर गद्दों और चादरों की शय्या पर भी मुझे नींद नहीं आती, लगता है कि वात रोग के लक्षण उपस्थित हैं। पर वास्तव में बिना अच्छे स्वास्थ्य और अच्छे भोजन के वास्तविक सुख नहीं।

(चेटी का प्रवेश)

चेटी : भला आर्य वसन्तक कहाँ होंगे? आर्य! *(घूमकर देखी देखती हुई)* अरे, ये रहे आर्य वसन्तक। आर्य वसन्तक, कब से आपको ढूँढ़ रही हूँ।

विदूषक : भद्रे, मुझे किस निमित्त ढूँढ़ रही हो?

चेटी : हमारी भट्टिनी पूछती हैं कि क्या जामाता ने स्नान कर लिया?

विदूषक : किसलिए पूछती हैं देवी?

बेटी : भला और किसलिए कि फूल और अंजन लाए जाएँ।

विदूषक : श्रीमान् स्नान कर चुके। देवी, भोजन छोड़कर और सब लाओ।

चेटी : भला भोजन किस कारण मना कर रहे हैं?

| विदूषक | : | इसलिए कि मुझ अभागे की कोख कोकिला की घूमती आँखों की तरह लगातार घूम रही है। |

विदूषक : इसलिए कि मुझ अभागे की कोख कोकिला की घूमती आँखों की तरह लगातार घूम रही है।

चेटी : ऐसा ही बराबर होता रहे।

विदूषक : अब जाओ देवी, मैं भी श्रीमान् के पास जा रहा हूँ।

(दोनों जाते हैं)

प्रवेशक का अन्त

(सपरिवार पद्मावती और आवन्तिका के वेश में वासवदत्ता का प्रवेश)

चेटी : भर्तृदारिका का भला किसलिए प्रमदवन में आना हुआ?

पद्मावती : इसलिए प्रिये, कि देखूँ कि शेफालिका के गुच्छे अभी खिले या नहीं।

चेटी : भर्तृदारिके वे निश्चय खिल उठे हैं और फूलों से लदे वे मोती की माला में मूँगे की तरह गुथे हैं।

पद्मावती : प्रिये, यदि ऐसा है तो देर क्यों करती हैं?

चेटी : तब भर्तृदारिका इस शिलापट्ट पर क्षण-भर बैठें। मैं फूल चुन लाती हूँ।

पद्मावती : आर्ये, क्या यहाँ बैठें?

वासवदत्ता : बैठें यहीं।

(दोनों बैठ जाती हैं।)

चेटी : *(वैसा करके)* देखें, देखें, भर्तृदारिके, मेरी अंजलि में ये शेफालिका के फूल लाल संखिया के आधे टुकड़ों-से चमक रहे हैं।

पद्मावती : *(देखकर)* कितने अद्भुत-अद्भुत फूल हैं ये! देखें, आर्ये, देखें।

वासवदत्ता : अहो, कितने सुन्दर, फूल हैं ये!

चेटी : भर्तृदारिके, क्या और तोड़ूँ?

पद्मावती : नहीं, और न तोड़।

वासवदत्ता : क्यों रोकती हो, प्रिय?

पद्मावती : क्योंकि जब आर्यपुत्र यहाँ आकर फूलों की इस समृद्धि को देखेंगे तब मैं अपना सम्मान मानूँगी।

वासवदत्ता : सखि, पति क्या तुम्हें बहुत प्रिय हैं!

पद्मावती : नहीं जानती आर्ये! परन्तु आर्यपुत्र के बिना अत्यन्त उत्कंठित हो जाती हूँ।

वासवदत्ता : *(स्वगत)* कितना कष्टकर हो जाता है जब यह भी इस प्रकार कहती है।

चेटी : यह अति उत्तम विचार है जो भर्तृदारिका ने कहा कि पति मुझे प्रिय हैं।

पद्मावती : बस, मुझे एक ही सन्देह है?

वासवदत्ता : क्या? क्या?

पद्मावती : जैसे आर्यपुत्र मेरे हैं क्या वैसे ही आर्या वासवदत्ता के भी थे?

वासवदत्ता : उससे कहीं बढ़कर।

पद्मावती : तुम कैसे जानती हो?

वासवदत्ता : *(स्वगत)* हूँ, आर्यपुत्र के पक्षपात से सदाचार की सीमा पार कर गई। अब ऐसा कहूँ। *(प्रकट)* यदि उसका प्रेम कम होता तो वह अपने आत्मीयों को न छोड़ पाती।

पद्मावती : हो सकता है।

चेटी : भर्तृदारिके, अपने पति से कहो कि मैं भी वीणा सीखूँगी।

पद्मावती : कहा मैंने आर्यपुत्र से।

वासवदत्ता : तब उन्होंने क्या कहा?

पद्मावती : कहा कुछ नहीं केवल दीर्घ निःश्वास छोड़कर चुप हो रहे।

वासवदत्ता : उससे क्या तात्पर्य निकालती हो।

पद्मावती : तात्पर्य यह निकालती हूँ कि आर्या वासवदत्ता के गुणों का स्मरण कर प्रसंगवश मेरे सामने उन्होंने आँसू रोक लिए।

वासवदत्ता : *(स्वगत)* यदि वह सत्य है तो मैं धन्य हूँ।

(राजा और विदूषक का प्रवेश)

विदूषक : ही! ही! गिरे हुए बन्धुजीव कुसुमों और अविरल पवन से प्रमदवन रमणीय हो रहा है। उधर चलें श्रीमान।

राजा : मित्र वसन्तक, यह आ गया मैं।
जब उज्जयिनी जाने पर मैंने अवन्ती की राजकन्या को स्वच्छन्द देखा, तब मेरी अवस्था अकथनीय हो गई; और तब काम ने मुझपर अपने पाँचों बाण मारे। हृदय आजतक उसकी चोट से व्यथित

है, और अब यह चोट पर चोट पड़ी। यदि मदन के शरों की संख्या पाँच ही है तो यह छठा कहाँ से आ पड़ा?

विदूषक : देवी पद्मावती भला कहाँ चली गईं? लतामण्डप में तो नहीं गईं, अथवा असन कुसुमों से ढके होने से व्याघ्रचर्ममण्डित दिखनेवाले 'पर्वततिलक' नामक शिलापट्ट *(बेंच)* पर तो नहीं जा बैठीं। अथवा अत्यन्त कड़े गन्ध वाले सप्तच्छद वन में तो नहीं जा घुसीं? या कहीं हरिण और पक्षियों की आकृति से चित्रित दारुपर्वत को तो नहीं चली गईं? *(ऊपर देखकर)* ही ही, देखें देव, यह शरत् के निर्मल आकाश में एकत्र उड़ती हुई सारसों की पंक्ति बलराम की फैली हुई भुजाओं की भाँति अत्यन्त सुन्दर लगती है।

राजा : मित्र, देखता हूँ।
कभी सीधी और फैली हुई, कभी पतली, कभी नीचे उतरती, कभी ऊँचे चढ़ती, और घूमते समय सप्तर्षि-मण्डल की भाँति मुड़ी हुई केंचुली छोड़े सर्प के उदर की भाँति निर्मल आकाश का विभाजन करने वाली सीमा-रेखा-सी उन सारसों की पंक्ति को देखता हूँ।

चेटी : भर्तृदारिके, उस कोकनद माला सी श्वेत और रमणीय, एकत्र उड़ते सारसों की पंक्ति को देखें। अरे, यह तो स्वामी आ गए!

पद्मावती : हूँ, आर्यपुत्र! आर्ये, तुम्हारे कारण मैं आर्यपुत्र का दर्शन त्याग रही हूँ। अतः हम इस माधवी लतामण्डप में प्रवेश करें।

वासवदत्ता : ऐसा ही हो।

(वैसा ही करती है।)

विदूषक : लगता है कि देवी पद्मावती यहाँ आकर लौट गईं।

राजा : यह कैसे जाना?

विदूषक : श्रीमान्, इस शेफालिका-गुच्छ को देखें, जिसके फूल तोड़ लिए गए हैं।

राजा : वसन्तक, इन फूलों का सौन्दर्य कितना विस्मयकारक है!

वासवदत्ता : *(स्वगत)* वसन्तक नाम के उच्चारण से लगता है, जैसे मैं उज्जयिनी में ही हूँ।

राजा : वसन्तक, उसी शिलातल पर बैठकर पद्मावती की प्रतीक्षा करें।

विदूषक : बहुत अच्छा। *(बैठकर फिर सहसा उठकर)* ही-ही, शरत्काल की तीखी धूप असह्य है। इसी माधवी लता-मण्डप में चलें।

राजा : अच्छा, आगे चलो।

विदूषक : भला।

(दोनों घूमते हैं।)

पद्मावती : यह आर्य वसन्तक आकुलता के मारे सारा काम चौपट कर देगा। भला अब क्या करें?

चेटी : भर्तृदारिके, क्या इस लता से लटके मधु के छत्ते को हिलाकर स्वामी को विमार्ग कर दें?

पद्मावती : ऐसा ही कर

(चेटी वैसा ही करती है।)

विदूषक : बचाओ, बचाओ! वहीं रुकें श्रीमान् वहीं रुकें।

राजा : क्यों?

विदूषक : दासीजात भौंरे मुझे डंक मार रहे हैं।

राजा : नहीं, नहीं मित्र, ऐसा न कहो। मधुकरों को भयातुर न करो। देखो,

मधुमद से गूँजते मधुकरों को मदनदग्ध प्रियाएँ आलिंगन कर रही हैं। हमारे पैरों की चाप से उद्विग्न होकर वे भी हमारी ही भाँति अपनी कान्ताओं से विरहित हो जाएँगे। अतः यहीं बैठें।

विदूषक : ऐसा ही हो।

(दोनों बैठते हैं।)

चेटी : भर्तृदारिके, यहाँ तो हम बन्दी हो गये।

पद्मावती : प्रसन्नता है कि आर्यपुत्र बैठे हैं।

वासवदत्ता : *(स्वगत)* भाग्यवशात् आर्यपुत्र का शरीर स्वस्थ है।

चेटी : कुमारी, आर्या के नेत्रों में आँसू क्यों हैं?

वासवदत्ता : मधुकरों के अविनय के कारण काश के फूलों की रज नेत्रों में गिर पड़ी है, इससे आँखों में जल भर गया है।

पद्मावती : सही है।

विदूषक : यह प्रमदवन बिल्कुल सूना है। कुछ पूछना चाहता हूँ। पूछूँ क्या?

राजा : जैसा चाहो।

विदूषक : आपको प्रियतर कौन है, पहले की वासवदत्ता या आज की पद्मावती?

राजा : यह पूछकर क्यों मुझे महासंकट में डालते हो?

पद्मावती : प्रिय, कितने संकट में आर्यपुत्र पड़ गये हैं!

वासवदत्ता : *(स्वगत)* और भाग्यहीना मैं भी।

विदूषक : स्वच्छन्द बोलें, एक मर चुकी है, दूसरी कहीं अन्यत्र है।

राजा : मित्र, नहीं, नहीं, नहीं कह सकता, तू बड़ा वाचाल है।

पद्मावती : आर्यपुत्र के वचन बड़े सार्थक हैं।

विदूषक : सत्य की सौगन्ध खाता हूँ, किसी से नहीं कहूँगा। देखिए, यह मैंने जीभ काट ली।

राजा : नहीं मित्र, यह नहीं कह सकता।

पद्मावती : देखो इसकी मूर्खता! अब भी यह आर्यपुत्र का हृदय नहीं जान पाया।

विदूषक : नहीं कहेंगे? बिना कहे इस शिलापट्ट से एक डग भी न जाने पाएँगे। यहाँ आप मेरे बन्दी हैं।

राजा : क्या बलपूर्वक कहलाओगे?

विदूषक : हाँ, बलपूर्वक?

राजा : अच्छा, तो देखें!

विदूषक : प्रसन्न हों श्रीमान, प्रसन्न हों। मित्रभाव से प्रार्थना करता हूँ, सच-सच कह दें।

राजा : उपाय ही क्या है? अच्छा सुनो,
यद्यपि रूप, शील और माधुर्य के कारण पद्मावती मुझे बहुत प्रिय है, परन्तु वासवदत्ता में आसक्ति के कारण मेरे मन को वह हर नहीं पाती।

वासवदत्ता : *(स्वगत)* ऐसा ही हो! यह मेरे सारे दुःख का बदला मिल गया। अहो! अज्ञातवास में भी बड़े गुण हैं।

चेटी : भर्तृदारिके, स्वामी अनुदार हैं।

पद्मावती : नहीं प्रिय, ऐसा मत कहो। आर्यपुत्र पर्याप्त उदार हैं, तभी तो अब भी आर्या वासवदत्ता के गुणों का स्मरण कर रहे हैं।

वासवदत्ता : भद्रे, अभिजात कुल के सदृश ही कहा है।

राजा : मैं तो कह चुका। अब तुम कहो। तुम्हें कौन प्रिय है? तब की वासवदत्ता या अब की पद्मावती?

पद्मावती : आर्यपुत्र ने भी वसन्तक के मार्ग का अवलम्बन किया!

विदूषक : प्रलाप से क्या लाभ? मेरे लिए दोनों देवियाँ आदरणीया हैं।

राजा : मूर्ख, मुझसे बलपूर्वक कहलाकर अब स्वयं क्यों नहीं बोलता?

विदूषक : फिर क्या मुझसे भी बलपूर्वक कहलाएँगे?

राजा : और नहीं तो क्या? हाँ, बलपूर्वक ही।

विदूषक : तब तो सुन चुके!

राजा : प्रसन्न हों, महाब्राह्मण, प्रसन्न हों! इच्छानुकूल ही बोलो।

विदूषक : अच्छा आप सुनें। देवी वासवदत्ता मेरी बड़ी आदरणीया थीं। इधर देवी पद्मावती तरुणी, दर्शनीया, क्रोध और अहंकार से रहित, मधुरभाषिणी और उदार हैं। और उनमें इतना अधिक गुण और है कि स्वादु भोजन लिए पूछती फिरती हैं—आर्य वसन्तक कहाँ चले गये?

वासवदत्ता : *(स्वगत)* अच्छा, वसन्तक, याद रखना!

राजा : अच्छा, अच्छा, वसन्तक, यह सारा मैं देवी वासवदत्ता से कहूँगा।

राजा : खेद! वासवदत्ता! वासवदत्ता कहाँ है? वासवदत्ता तो कभी की परलोक गई!

राजा : *(दुखी होकर)* सही, वासवदत्ता तो परलोक गई!
अपने इस परिहास से तुमने मेरा मन विक्षिप्त कर दिया, जिससे पहले के अभ्यास से ऐसी बात मुँह से निकल गई।

पद्मावती : सच ही रमणीय कथा-प्रसंग इस नृशंस ने चौपट कर दिया!

वासवदत्ता : *(स्वगत)* भला, भला। आश्वस्त हुई। अहा, छिपकर ये बातें सुनना कितना प्रिय है!

विदूषक : धैर्य धारण करें, महाराज प्रसन्न हों? दैव बलवान् है, अनुल्लंघनीय! इस काल उसका दुर्विपाक यही है।

राजा : मित्र, तुम मेरी दशा नहीं जानते—
क्योंकि बहुमूल्य *(गहरा पैठा हुआ)* अनुराग भुलाया नहीं जा सकता; याद से दुःख नित्य नया होता जाता है। यही जीवन का रूप है कि आँसू बहाकर मन दुःख से छूटता और शान्ति-लाभ करता है।

विदूषक : अरे, देव का मुख आँसुओं से भीग गया; जाऊँ, मुँह धोने के लिए जल लाऊँ।

पद्मावती : आर्ये, आर्य का मुख आँसुओं से भीग गया है। *(प्रस्थान)* चलो, हम निकल चलें।

विदूषक : ऐसा ही हो, अथवा तुम रुक जाओ। उत्कंठित पति को छोड़कर जाना उचित नहीं। मैं ही चली जाती हूँ।

चेटी : उचित कहा आर्या ने। भर्तृदारिका पास चलें।

पद्मावती : क्या सचमुच पास चलूँ?

वासवदत्ता : हाँ, हाँ, जाओ।

(पद्मावती का प्रवेश)

विदूषक : *(कमल-पत्र में जल लिए)* देवी पद्मावती यह रहीं!

पद्मावती : आर्य वसन्तक, क्या बात है?

विदूषक : बात यह है, ऐसी बात है...

पद्मावती : बोलें, बोलें आर्य, बोलें।

विदूषक : देवी, राजा का मुख आँसुओं से भीगा है। वायुचालित काश के फूल के कण आँखों में पड़ गए हैं। उनका मुख धोने के लिए यह जल ले चलें।

पद्मावती : आह! उदार स्वामी का परिजन भी उदार होता है। *(पास जाकर)* आर्य की विजय हो! मुँह धोने के लिए यह जल है।

राजा : आह, पद्मावती! *(दूसरी ओर मुँह करके)* वसन्तक, यह क्या?

विदूषक : *(कान में कहता है)* बात यह है।

राजा : भला, वसन्तक, भला। *(जल पीकर)* पद्मावती, बैठो।

पद्मावती : आर्य का जैसा आदेश। *(बैठती है।)*

राजा : पद्मावती!

भामिनि, शरच्चन्द्र के समान काश के श्वेत पुष्पों की वायुचालित रज आँखों में पड़ जाने से मुँह आँसुओं से गीला हो गया है।

(स्वगत)

यह नवोढ़ा सत्य सुनकर दुःखी हो जाएगी। निःसन्देह यह धीर स्वभाव वाली है, पर स्त्रियाँ तो स्वभाव से ही कातर भी होती हैं।

विदूषक : उचित है कि इस अपराह्न वेला में आपको आगे करके मगधराज सुहृज्जनों को दर्शन दें। सत्कार से सत्पालित होकर सत्कार प्रीति उत्पन्न करता है। इससे आर्य उठें।

राजा : सही, ऊँची बात कही। *(उठकर)*

गुणों से युक्त और सत्कार करने वाले जन लोक में सुलभ हैं, पर गुणों के पारखी सर्वथा दुर्लभ हैं।

(सब का प्रस्थान)

चौथा अंक समाप्त

पाँचवाँ अंक

(पद्मिनिका का प्रवेश)

पद्मिनिका : मधुरिके, मधुरिके, शीघ्र इधर आ!

मधुरिका : *(प्रवेश कर)* यह आई। सखि, क्या करना है?

पद्मिनिका : अरे! तू क्या जानती नहीं कि राजकुमारी पद्मावती सिर की पीड़ा से व्यथित हैं?

मधुरिका : हा, धिक्‌!

पद्मिनिका : शीघ्र जा सखि, आर्या आवन्तिका को बुला ला। केवल इतना कहना कि राजकुमारी सिर की पीड़ा से व्याकुल हैं और वे अपने-आप आ जाएँगी।

मधुरिका : पर वे आकर करेंगी क्या?

पद्मिनिका : वे मधुर कथाएँ कहकर राजकुमारी की व्याधि हरेंगी।

मधुरिका : सच है। अच्छा राजकुमारी की शय्या कहाँ रची है?

पद्मिनिका : शय्या समुद्रगृह में बिछी है। तू चली जा अब। मैं भी स्वामी के पास खबर भेजने के लिए आर्य वसन्तक की खोज में जाती हूँ।

मधुरिका : भला।

पद्मिनिका : आर्य वसन्तक को कहाँ ढूँढूँ?

(विदूषक का प्रवेश)

विदूषक : आज निःसन्देह इस शुभ घड़ी और सुख के अवसर पर प्रिया-बिछोह से व्याकुल अन्तर वाले वत्सराज के हृदय में पद्मावती के विवाहरूपी

समीर से प्रज्वलित कामाग्नि भड़क उठी है। *(पद्मिनिका को देखकर)* पद्मिनिके, ओ पद्मिनिके, क्या बात है?

पद्मिनिका : क्यों, आर्य वसन्तक, आपको क्या पता नहीं कि राजकुमारी पद्मावती सिर की पीड़ा से व्याकुल है!

विदूषक : नहीं देवी, सचमुच नहीं जानता।

पद्मिनिका : अच्छा, स्वामी को खबर दे दें। जब तक मैं सिर का लेप लिये जाती हूँ।

विदूषक : भला पद्मावती की शय्या कहाँ रची है?

पद्मिनिका : समुद्रगृह में!

विदूषक : जाओ देवि! इतने में मैं भी श्रीमान् को निवेदन करता हूँ।

(दोनों का प्रस्थान)

प्रवेशक का अन्त

(राजा का प्रवेश)

राजा : अब यद्यपि काल ने मुझपर यह विवाह का भार फिर से डाल दिया है, फिर भी मुझे अवन्तिराज की सुकन्या की याद सताती है, जिसकी कमनीय काया लावाणक की लपटों में हिम को मारी नलिनी की भाँति जल गई।

विदूषक : *(प्रवेश कर)* जल्दी करें श्रीमान् जल्दी!

राजा : क्यों?

विदूषक : राजकुमारी पद्मावती सिर की पीड़ा से व्याकुल हैं।

राजा : तुमसे किसने कहा?

विदूषक : पद्मिनिका ने।

राजा : हा, कष्ट!

यद्यपि पुराना घाव हृदय में दबा सालता था, आज इस रूप-गुणवाली प्रिया की सम्प्राप्ति से वह दुःख कुछ मन्द पड़ गया था। पर उस पुरानी दुःखानुभूति से लगता है, इस पद्मावती की भी वही दशा होगी।

भला पद्मावती है कहाँ?

विदूषक : उसकी शय्या समुद्रगृह में बिछी है।

राजा : चलो, राह दिखाओ।

विदूषक : चलें, चलें, आर्य।

(दोनों चलते हैं।)

विदूषक : यह रहा समुद्रगृह। आर्य प्रवेश करें।

राजा : पहले तुम प्रवेश करो।

विदूषक : बहुत अच्छा। *(प्रवेश कर)* अरे विपद्! ठहरिये, ठहरिये, श्रीमान्!

राजा : क्यों?

विदूषक : यह भूमि पर सर्प लेट रहा है। दीप के आलोक से दिखाई पड़ गया।

राजा : *(प्रवेशकर देखकर, मुस्कराता हुआ)* मूढ़, इसी को सर्प कहता है! मूर्ख, तू इस पुष्पमाला को सर्प कहता है जो पहले इस द्वार-तोरण से लटक रही थी और अब भूमि पर गिर पड़ी है। निशा की मन्द वायु से हिलती हुई सर्प की-सी चेष्टा करती है।

विदूषक : *(ध्यान से देखकर)* सच कहते हैं देव! निःसन्देह यह सर्प नहीं। *(प्रवेश कर इधर-उधर देखता हुआ)* लगता है, राजकुमारी पद्मावती यहाँ आईं और चली गईं।

राजा : नहीं मित्र, देवी यहाँ आई ही नहीं।

विदूषक : आपने जाना कैसे?

राजा : जानना क्या है? देखो,
शय्या जैसी बिछाई थी वैसी ही पड़ी है। चादर में तनिक भी सिकुड़न नहीं और न सिर की दवा के लेप से तकिया ही मलिन हुआ है; न बीमार के मन-बहलाव के लिए किसी प्रकार की शोभा ही रची है, और निश्चय रुग्ण प्राणी अपने-आप इस प्रकार शय्या छोड़ इतनी जल्दी चला न जाएगा।

विदूषक : फिर देव, थोड़ी देर इस शय्या पर बैठकर देवी के आने कीप्रतीक्षा करें।

राजा : भला *(बैठकर)* मित्र, नींद आ रही है। कोई कथा कहो।

विदूषक : कहता हूँ। देव हुंकार भरते जाएँ।

राजा : बहुत अच्छा।

विदूषक : उज्जयिनी नाम की एक नगरी है। वहाँ रमणीय स्थान हैं।

राजा : क्या कहा, उज्जयिनी?

विदूषक : यदि आपको यह कहानी पसन्द न हो तो दूसरी कहानी कहता हूँ।

राजा : यह कहानी अच्छी नहीं लगती है, ऐसी बात नहीं। केवल, मुझे अवन्तिराज की कन्या की याद आ रही है जिसने प्रस्थान के समय के प्रेमपूर्ण बन्धुओं के स्मरण से नेत्रों के भरे हुए आँसू मेरे उर पर डाल दिये थे।

कितनी ही बार शिक्षण के समय मेरी ओर देखते हुए उसके हाथों से धनुष छूट जाने से हाथ शून्य में निरुद्देश्य हिला करते थे!

विदूषक : खैर, दूसरी कथा कहता हूँ, ब्रह्मदत्त नाम का नगर है।

राजा : क्या? क्या?

विदूषक : *(वही दोहराता है।)*

राजा : मूर्ख! राजा ब्रह्मदत्त था, नगर काम्पिल्य?

विदूषक : राजा ब्रह्मदत्त था, नगर काम्पिल्य।

राजा : हाँ, ऐसा।

विदूषक : खैर! तनिक देव प्रतीक्षा करें, तब तक याद कर लूँ। राजा ब्रह्मदत्त, नगर काम्पिल्य *(अनेक बार दोहराता है।)* अब सुनें, ऐं, देव को नींद लग गई! बड़ी सर्दी है। चलूँ, ओढ़ना लेकर आऊँ।

(आविन्तिका-वेश में वासवदत्ता और चेटी का प्रवेश)

चेटी : पधारें, आर्ये पधारें। राजकुमारी के सिर में बड़ी पीड़ा है।

वासवदत्ता : धिक्! कहाँ है भला पद्मावती ही शय्या?

चेटी : समुद्रगृह में।

वासवदत्ता : अच्छा, आगे चलो।

(दोनों घूमती हैं।)

चेटी : समुद्रगृह यह रहा। आर्या प्रवेश करें! इतने में मैं सिर का लेप लेकर आई।

वासवदत्ता : देवता मुझपर कितने निर्दय हैं! यह पद्मावती भी जो आर्य के विरह-दुःख में सहायक होती, बीमार पड़ गई। खैर, प्रवेश करूँ। *(प्रवेशकर इधर-उधर देखती है।)* अरे, नौकर कितने लापरवाह हैं! बीमार पद्मावती के पास केवल दीपक छोड़कर चले गए। पद्मावती यह सो रही है। तनिक बैठ जाऊँ। पर अलग बैठने से लगेगा कि

उसके प्रति मेरा स्नेह घना नहीं। इससे इस शय्या पर ही बैठूँ। *(बैठती है)* क्या बात है कि इसके पास बैठते आज मेरा हृदय अत्यन्त आह्लादित हो उठा है? इसकी साँस नियमित चल रही है, लगता है, नीरोग हो गई। शय्या के केवल एक भाग में पड़ी मानो मुझे आलिंगन के लिए बुला रही है। इसलिए लेट जाती हूँ। *(लेट जाती है।)*

राजा : *(नींद में)* ओ वासवदत्ता!

वासवदत्ता : *(सहसा उठती हुई)* अरे! ये तो आर्यपुत्र हैं, पद्मावती नहीं। पहचान तो नहीं ली गई? सचमुच यदि उन्होंने मुझे देख लिया तब तो आर्य यौगन्धरायण की प्रतिज्ञा निष्फल गई।

राजा : हा, अवन्तिराजपुत्री!

वासवदत्ता : संयोगवश आर्यपुत्र स्वप्न में बात कर रहे हैं। यहां कोई और नहीं। फिर मुहूर्त-भर यहाँ और ठहर कर हृदय और दृष्टि को सन्तुष्ट करूँ।

राजा : हा प्रिये! हा प्रिय शिष्ये! उत्तर दो।

वासवदत्ता : बोलती, हूँ, स्वामिन्, बोल रही हूँ।

राजा : क्या तुम कुपित हो?

वासवदत्ता : नहीं, नहीं, दुःखी मात्र हूँ।

राजा : जो तुम कुपित नहीं तो अलंकार क्यों उतार दिए हैं?

वासवदत्ता : अलंकार पहनने से क्या इससे अच्छा होता?

राजा : विरचिका की याद कर रही हो?

वासवदत्ता : *(सरोष)* छिः, विरचिका यहाँ भी?

राजा : फिर मैं विरचिका के लिए क्षमा-याचना करता हूँ।

(हाथ फैला देता है।)

वासवदत्ता : देर से बैठी हूँ। कोई देख लेगा। चलूँ। पर चलने से पहले शय्या से लटकते हाथ को पलंग पर डाल दूँ।

(वैसा करके चली जाती है।)

राजा : *(सहसा उठकर)* वासवदत्ता! ठहरो, ठहरो! हा, धिक्, जैसे ही मैं तेज़ी से उठा, द्वार की चौखट से टकरा गया। और अब निश्चित रूप से जानता भी नहीं कि मेरा मनोरथ सत्य है या स्वप्न।

विदूषक : *(प्रवेश कर)* ओ, श्रीमान जग गये।

राजा : मित्र, सुसंवाद सुनो, वासवदत्ता जीवित है।

विदूषक : खेद! वासवदत्ता कहाँ? वासवदत्ता तो कब की परलोक सिधार चुकी।

राजा : नहीं, नहीं।

शय्या पर मुझ सोते हुए को जगाकर चली गई। रुमण्वत् ने यह कहकर मुझे धोखा दिया कि वह लपटों में जल मरी।

विदूषक : आह, ऐसी बात असम्भव है। आह, जब से मैंने उदकस्नान की बात कही तभी से आप देवी को सोचते रहे, उन्हीं को अब स्वप्न में देखा है।

राजा : यदि यह स्वप्न था तो न जागना ही धन्य होता; और यदि वह भ्रम है तो यह भ्रम सदा बना रहता।

विदूषक : मित्र, इस नगर में अवन्तिसुन्दरी नाम की यक्षिणी रहती है। कहीं वही तुम्हें न दीख गई हो।

राजा : ना, ना,

नींद से जागकर मैंने उसके मुख को देखा जो आज भी अपने चरित्र की रक्षा करती है। लम्बी अलकें मुँह पर बिखरती थीं, नेत्र अन्जनशून्य थे। और मित्र, देखो, देखो—

मेरी इस भुजा को देखो जिसे देवी ने स्वप्न में दबाया था; इसके रोयें अब तक खड़े हैं, यद्यपि इसने उसका स्पर्श स्वप्न में किया था।

विदूषक : अब आप अनर्थ चिन्तन न करें। आइए, चतुःशाला में चलें।

(प्रवेश करने पर)

कंचुकी : आर्यपुत्र की जय हो! हमारे महाराज दर्शक ने आप के लिए कहलाया है कि आरुणि पर आक्रमण करने के लिए आपका अमात्य रुमण्वत् बड़ी सेना लेकर उपस्थित है। इसी प्रकार हमारी भी विजयिनी राजदल, हयदल, रथदल, पदाति सेना युद्ध के लिए सन्नद्ध हैं। अतः उठें! और भी,

आपके शत्रु विभाजित कर दिये गए हैं; आपके गुणों से अनुरक्त आपकी प्रजा आश्वस्त हो गई है; प्रयाण के समय सेना के पृष्ठभाग की रक्षा का प्रबन्ध कर दिया गया है। आपके शत्रु की पराजय

के निमित्त सारा करणीय मैंने कर दिया है; सेना गंगा पार भी कर चुकी है और वत्सों का देश प्रायः आपके हाथों में है।

राजा : *(उठकर)* सुन्दर! और अब उस भयानक कर्म में दक्ष आरुणि को तैरते गजाश्वों और तरंग-बाणों वाले युद्ध के महासमुद्र में पकड़कर मार डालूँगा।

(सबका प्रस्थान)

पाँचवाँ अंक समाप्त

छठा अंक

(कंचुकी का प्रवेश)

कंचुकी : यहाँ कौन है, सुनहरी तोरण द्वार पर कौन नियुक्त है?

प्रतिहारी : *(प्रवेशकर)* आर्य, मैं हूँ, विजया। क्या करना है?

कंचुकी : भगवति, उस उदयन से निवेदन करो, जिसका वत्सराज्य की विजय से विशेष उदय हुआ है—महासेन के यहाँ से रैभ्य गोत्र का कंचुकी आया है। साथ में देवी अंगारवती की भेजी आर्या वसुधारा नाम की वासवदत्ता की धाय भी है। दोनों द्वार पर उपस्थित हैं।

प्रतिहारी : आर्य, सन्देश के लिए न तो यह उपयुक्त स्थान है न समय ही।

कंचुकी : क्यों, स्थान और समय उपयुक्त क्यों नहीं?

प्रतिहारी : आर्य सुनें, स्वामी के 'पूर्व प्रासाद' में कोई आज वीणा बजा रहा था। उसे सुनकर स्वामी ने कहा 'घोषवती' के स्वर-सा लगता है।

कंचुकी : अच्छा, फिर?

प्रतिहारी : फिर वहाँ जाकर उन्होंने उस पुरुष से पूछा, वीणा कहाँ पाई? उसने कहा कि नर्मदा के तीर पर झाड़ियों में पड़ी मिली। यदि स्वामी चाहें तो इसे ले लें। और जब वीणा स्वामी के पास लाई गई तब जैसे ही उन्होंने उसे अंक में रखा वैसे ही मूर्च्छित हो गये। जब स्वामी होश में आये तब आँसू-भरे मुँह से बोले—घोषवती, मैंने तुझे पाया पर उसे नहीं देखा। इसी कारण आर्य, अवसर उचित नहीं। कैसे निवेदन करूँ?

कंचुकी : देवि, कर दो निवेदन। यह सम्वाद भी उसी से सम्बन्ध रखता प्रतीत होता है।

प्रतिहारी : जाती हूँ आर्य, निवेदन करने। 'पूर्व प्रासाद' से स्वामी इधर ही आ रहे हैं। अभी यहीं निवेदन करूँगी।

कंचुकी : ऐसा ही करो, देवि!

(दोनों का प्रस्थान)

मिश्र विष्कम्भक का अन्त

(राजा और विदूषक का प्रवेश)

राजा : ओ मधुरवादिनि, कहाँ तो देवी के स्तन-युगलों और जाँघों पर आश्रय पाती थी, और कहाँ वह चिड़ियों के रज से भरा वन! भला कैसे तुमने वहाँ दिन बिताए।

तू घोषवती, निश्चय स्नेहहीन है वरना उस तपस्विनी को कैसे नहीं याद करती?

भला किस प्रकार वह अपनी जंघा पर धारण कर, आलिंगन करती थी, कैसे थकान के समय तुम्हें हृदय से लगाती थी, मेरे विरह में तुम्हें उलाहना देती थी और बजाते हुए बीच-बीच में तुमसे बात करती थी, मुस्कराती थी!

विदूषक : अब, महाराज, काफी हो चुका दुःख प्रकाशन।

राजा : नहीं मित्र, ऐसा नहीं।

वीणा ने मेरी चिरसोई कामना फिर से जगा दी है, पर उस देवी को नहीं देख पाती जिसे यह घोषवती इतनी प्रिय थी।

वसन्तक, शिल्पियों के पास ले जाकर घोषवती का पुनरुद्धार कराओ, और उसे लेकर शीघ्र लौटो।

विदूषक : जैसी आज्ञा। (*वीणा लेकर प्रस्थान*)

प्रतिहारी : (*प्रवेशकर*) स्वामी की जय हो! महासेन के यहाँ से रैभ्यगोत्र कंचुकी और देवी अंगारवती की भेजी वासवदत्ता की आर्या वसुधारा नाम की धाय द्वार पर उपस्थित हैं।

राजा : तब पद्मावती को बुलाओ।

प्रतिहारी : जैसी स्वामी की आज्ञा। (*प्रस्थान*)

राजा : क्या यह सम्भव है कि यह खबर महासेन को इतनी जल्दी मिल गई हो।

(पद्मावती और प्रतिहारी का प्रवेश)

प्रतिहारी : पधारें, राजकुमारी, पधारें।

पद्मावती : आर्यपुत्र की जय हो!

राजा : पद्मावती, क्या तुमने सुना कि महासेन का भेजा कंचुकी और अंगारवती की भेजी वासवदत्ता की आर्या वसुधारा नाम की धाय द्वार पर उपस्थित हैं?

पद्मावती : आर्यपुत्र, क्या मेरे पास बैठे ही बैठे उन जनों से मिलेंगे?

राजा : इसमें दोष क्या है?

पद्मावती : आर्यपुत्र को दूसरी पत्नी के साथ देखकर वे उदास न होंगे?

राजा : पत्नी देखने का जिन्हें अधिकार है उन्हें उस आदर से वंचित रखना महादोष है। इससे बैठो।

पद्मावती : आर्यपुत्र की जैसी आज्ञा (बैठकर) आर्यपुत्र, मेरे पिता या माता का सन्देश भला क्या होगा; मन व्याकुल है।

राजा : है तो ऐसा ही, पद्मावती। क्या कहेंगे वे? उसे सोचकर मन भर आता है।

उनकी कन्या मैं हर लाया, पर उसकी रक्षा कर न सका। जो कुछ गुण थे उन्हें भी चंचल भाग्य ने छीन लिया है, इससे कुपित पिता के अपराधी पुत्र-सा भयभीत हूँ।

पद्मावती : काल उपस्थित होने पर भला कैसे किसी वस्तु की रक्षा की जा सकती है?

प्रतिहारी : कंचुकी और धाय द्वार पर खड़े हैं।

राजा : उन्हें शीघ्र लाओ।

प्रतिहारी : जैसी स्वामी की आज्ञा!

(कंचुकी, धाय और प्रतिहारी का प्रवेश)

कंचुकी : अपने सम्बन्धी के इस राज्य में आकर मुझे अत्यन्त प्रसन्नता हुई, परन्तु अपनी राजपुत्री की मृत्यु की बात याद कर मन पिषाद से भर गया है। दैव, तुम क्या नहीं कर पाते यदि उसका राज्य शत्रुओं द्वारा विजित करा लेते पर उसकी रानी को सकुशल रखते?

प्रतिहारी : स्वामी ये रहे, आर्य पास आयें।

कंचुकी : *(पास जाकर)* आर्यपुत्र की जय हो!

धाय : स्वामी की जय हो!

राजा : *(आदरसहित)* आर्य! मैंने जिनके साथ मैत्री की कामना की और जो पृथ्वी के राजवंशों के उदय और अस्त के कारण हैं, वे अवन्तिराज सकुशल तो हैं?

कंचुकी : हाँ, महासेन सकुशल हैं, और आप सबके कुशलार्थी हैं।

राजा : *(आसन से उठकर)* महासेन की क्या आज्ञा है?

कंचुकी : वैदेहीपुत्र के सदृश ही यह शिष्टता है, पर महासेन का सन्देश आसन पर बैठे ही बैठे सुनें।

राजा : महासेन की जैसी आज्ञा! *(बैठ जाता है।)*

कंचुकी : शत्रुओं द्वारा अपहृत राज्य सौभाग्यवश लौट आया; क्योंकि, जो कायर और शक्तिहीन हैं वे किसी प्रकार का उत्साह कार्य नहीं कर सकते; और राज्यश्री प्रायः उत्साह से ही भोगी जाती है।

राजा : आर्य, यह सब महासेन के प्रभाव का ही परिणाम है, क्योंकि, आरम्भ में जब मैं पराजित हो गया, उन्होंने मेरा पुत्रवत् पालन किया। मैंने उनकी कन्या हरण कर ली पर उसकी रक्षा न कर सका। और अब उसकी मृत्यु सुनकर भी मेरे प्रति उनका आदर पूर्ववत् बना है। स्वयं उचित रीति से मेरे वत्सराज्य के लौट आने के कारण भी वही हैं।

कंचुकी : यही महासेन का सन्देश है। देवी का सन्देश ये कहेंगी।

राजा : हे माता!
माता कुशलपूर्वक तो हैं, अन्तःपुर की सोलह सखियों में ज्येष्ठा नगर की देवी, जो मेरे प्रवास से दुःखार्त हो गईं थीं?

धात्री : स्वस्थ महिषी स्वामी की सर्वतः कुशल पूछती हैं।

राजा : सभी कुशल हैं। यहाँ सब कुशल हैं, माँ!

धात्री : स्वामी, पर्याप्त हो चुका सन्ताप अब।

कंचुकी : धैर्य धरें, स्वामी! महासेन की कन्या मरकर भी नहीं मरी, क्योंकि आप उसे इस तरह स्नेह से याद करते हैं।
मृत्यु के समय कौन किसकी रक्षा कर सकता है? जब रस्सी ही टूट जाए तब भला घड़े को कौन बचा सकता है? मनुष्यों और वनस्पतियों दोनों के लिए एक समान धर्म हैं : वे समय से पनपते हैं, समय से ही मुरझा जाते हैं।

राजा : आर्य, नहीं, नहीं ऐसा नहीं।

भला महासेन की दुहिता, अपनी शिष्या और प्रियतमा रानी को क्योंकर भुला सकता हूँ? उसका विस्मरण तो जन्मान्तर में भी नहीं हो सकता।

धात्री : महिषी ने कहा है—वासवदत्ता अब न रही। मेरे और महासेन के लिए तुम गोपालक और पालक की भाँति प्रिय हो, पहले से ही मनोनीत जामाता हो। इसी विचार से तुम उज्जयिनी लाये भी गये थे। फिर वीणा के बहाने तुम्हें अग्नि को बिना साक्षी बनाये उसे दे भी दिया। पर तुम तो बिना किसी प्रकार की विवाह-क्रिया के चपलता के मारे भाग भी गए। तब तुम्हारा और वावदत्ता का चित्र बनवाकर हमने विवाह-मंगल सम्पन्न किया। अब उसी चित्रफलक को हम तुम्हारे पास भेज रहे हैं, जिससे उसे देख सुखी हो।

राजा : देवी ने अत्यन्त स्नेहपूर्ण और अनुकूल बात कही। उनका यह वाक्य सौ राज्यों के लाभ से भी प्रियतर है, क्योंकि हमारे अपराधी होते हुए भी हम दोनों के प्रति अपना स्नेह वे नहीं भूलीं।

पद्मावती : आर्यपुत्र, चित्रगत गुरुजनों को देखकर अभिवादन करना चाहती हूँ।

धात्री : देखो, भर्तृदारिके, देखो। *(चित्रफलक दिखाती है।)*

पद्मावती : *(देखकर स्वगत)* हूँ, आर्या आवन्तिका के सर्वथा सदृश हैं ये। *(प्रकट)* आर्यपुत्र, ये आर्या के सदृश हैं।

राजा : सदृश ही नहीं। मुझे तो लगता है, वही हैं, हाय-कष्ट! भला यह स्निग्ध वर्ण क्योंकर दारुण रूप से नष्ट हुआ होगा! अग्नि ने किस प्रकार यह मुख-माधुर्य दूषित कर दिया होगा?

पद्मावती : आर्यपुत्र का चित्र देखकर कह सकूँगी कि ये आर्या के सदृश हैं या नहीं।

धात्री : देखें, देखें, राजकुमारी।

पद्मावती : *(देखकर)* आर्यपुत्र की प्रतिकृति से समझती हूँ कि इसका आर्या से अच्छा सादृश्य है।

राजा : देवी, मैंने देखा कि चित्र देखकर पहले तो तुम प्रसन्न हुईं, फिर उद्विग्न। ऐसा क्यों?

पद्मावती : आर्यपुत्र, इस प्रतिकृति के सदृश ही कोई व्यक्ति यहाँ रहता है।

राजा : क्या वासवदत्ता की प्रतिकृति के सदृश?

पद्मावती : हां।

राजा : फिर शीघ्र बुलाओ उसे।

पद्मावती : आर्यपुत्र, मेरी कन्यावस्था में किसी ब्राह्मण ने उसे भगिनी बताकर मुझे सौंपा। कहा कि प्रोषितपतिका होने के कारण यह परपुरुष का दर्शन नहीं करती। तब आर्या को मेरे साथ आई देखकर आर्यपुत्र जान लेंगे।

राजा : यदि ब्राह्मण की भगिनी है तो स्पष्ट है कि वह कोई और है; क्योंकि संसार में ऐसे लोग मिल जाते हैं जो रूप में समान दीखते हैं।

प्रतिहारी : *(प्रवेश कर)* स्वामी की जय हो! उज्जयिनी से एक ब्राह्मण आया है जो कहता है कि देवी के आश्रय में उसने अपनी भगिनी रख दी थी। उसे वापस ले जाने के लिए वह द्वार पर खड़ा है।

राजा : पद्मावती, क्या वह वही ब्राह्मण तो नहीं है?

पद्मावती : हो सकता है।

राजा : अन्तःपुर के आचरण का ध्यान रखते हुए ब्राह्मण को शीघ्र उपस्थित करो।

प्रतिहारी : जैसी स्वामी की आज्ञा। *(प्रस्थान)*

राजा : पद्मावती, तुम भी आर्या को यहाँ लाओ।

पद्मावती : आर्यपुत्र की जैसी आज्ञा।

(यौगन्धरायण और प्रतिहारी का प्रवेश)

यौगन्ध. : हे! *(स्वगत)*
मैंने राजमहिषी को राजा के हित के लिए छिपाया, और ऐसा करने में, यह सत्य है कि राजा ही का भला करना मुझे इष्ट था; फिर भी, यद्यपि मेरा कार्य सिद्ध हो गया है; राजा क्या कहेगा, ऐसा सोचकर मेरे हृदय में शंका हो रही है।

प्रतिहारी : स्वामी यहाँ हैं। आर्य, समीप पधारें!

यौगन्ध. : *(पास आकर)* जय हो, आपकी जय हो!

राजा : स्वर सुना हुआ-सा लगता है। हे ब्राह्मण, क्या आपने अपनी भगिनी को पद्मावती के पास रख दिया था?

यौगन्ध. : हाँ।

राजा : तब शीघ्र लाओ इनकी भगिनी, शीघ्र।

प्रतिहारी : जैसी स्वामी की आज्ञा। *(प्रस्थान)*

(पद्मावती, आवन्तिका और प्रतिहारी का प्रवेश)

पद्मावती : आएँ, आर्ये आयें। प्रिय सम्वाद सुनाती हूँ।

आवन्तिका : क्या? क्या?

पद्मावती : तुम्हारे भ्राता आ गए हैं।

आवन्तिका : सौभाग्य, जो उन्होंने मेरा स्मरण किया।

पद्मावती : *(पास आकर)* आर्यपुत्र की जय हो! धरोहर यह है।

राजा : धरोहर लौटा दो, पद्मावती! या वस्तुतः धरोहर साक्षियों के सामने
लौटाना चाहिए। यहाँ अब रैभ्य और आर्या साक्षी होंगे।

पद्मावती : आर्य, लें आर्या को।

धात्री : *(आवन्तिका को गौर से देखकर)* यह क्या? ये तो भर्तृदारिका
वासवदत्ता हैं!

राजा : क्या महासेन-पुत्री? देवी, पद्मावती के साथ अन्तःपुर में प्रवेश
करो।

यौगन्ध. : नहीं, नहीं उसे प्रवेश न करायें। भगिनी है वह मेरी।

राजा : आपने क्या कहा? वह महासेन की पुत्री है?

यौगन्ध. : हे राजन्, भरतों के कुल में उत्पन्न हुए हो, विनीत हो, ज्ञानवान्
हो, पवित्र हो। तुम जो राजधर्म के आचार्य हो, बलपूर्वक मेरी भगिनी
का हरण क्यों करते हो?

राजा : अच्छा, तब रूपसादृश्य देखें। तनिक यवनिका हटा दो।

यौगन्ध. : स्वामी की जय हो!

वासवदत्ता : आर्यपुत्र की जय हो!

राजा : अरे, ये तो यौगन्धरायण हैं, और यह महासेन-पुत्री! यह सत्य है
या स्वप्न जो उसे मैं फिर देख रहा हूँ? पर तब भी तो मैंने उसे
ऐसे ही देखा था और धोखा खा गया था।

यौगन्ध. : स्वामी, देवी को हर लेने का अपराधी मैं हूँ। स्वामी रक्षा करें। *(राजा
के चरणों में गिरता है।)*

राजा : *(उठाकर)* आप निश्चय यौगन्धरायण हैं। मिथ्या उन्माद द्वारा,

युद्धों द्वारा, शास्त्र-विचार द्वारा और आपके यत्नों द्वारा हम डूबते हुओं की रक्षा हुई है।

यौगन्ध. : हम सब स्वामी के भाग्य के अनुगामी हैं।

पद्मावती : अरे, ये तो निश्चय आर्या हैं। आर्ये, आपके साथ सखी-भाव से व्यवहार करके मैंने शिष्ट आचार का उल्लंघन किया है। क्षमा माँगती हूँ। प्रसन्न हों।

वासवदत्ता : *(पद्मावती को उठाकर)* उठो, उठो, सुहागिन उठो। जो स्वयं सदा अर्थी की सेवा में लगा रहा है उससे भला अपराध कैसा?

पद्मावती : अनुगृहीत हूँ।

राजा : मित्र यौगन्धरायण, देवी को हटा देने में तुम्हारा क्या प्रयोजन था?

यौगन्ध. : केवल यह कि कौशाम्बी की रक्षा कर सकूँ।

राजा : और उसे पद्मावती के आश्रय में रखने से क्या तात्पर्य था?

यौगन्ध. : पुष्पकभद्र आदि दैवचिन्तकों ने कहा था कि वह आपकी रानी होगी।

राजा : क्या रुमण्वत् भी इसे जानता था?

यौगन्ध. : स्वामी, सभी जानते थे।

राजा : रुमण्वत् कितना बड़ा शठ है।

यौगन्ध. : स्वामी, रैभ्य और धात्री को आज ही देवी के कुशल-निवेदन के लिए लौट जाने दें।

राजा : नहीं, नहीं! हम सभी देवी पद्मावती के साथ चलेंगे।

यौगन्ध. : स्वामी की जैसी आज्ञा!

(भरतवाक्य) हिमालय और विंध्याचल के-से कुण्डलों से अलंकृत इस एकछत्रवासी ससागरा पृथ्वी का सिंहवत् हमारे राजा शासन करें।

(सबका प्रस्थान)

छठा अंक समाप्त

प्रतिज्ञायौगन्धरायण

पात्र-परिचय

यौगन्धरायण : कौशाम्बी के राजा उदयन का मन्त्री। वही पागल *(उन्मत्तक)* भी।

श्रमणक : श्रमणक *(भिक्षु)* के वेश में उदयन का *(दूसरा)* मन्त्री रुमण्वान्।

विदूषक : उदयन का परम मित्र वसन्तक।

ब्राह्मण : छद्मवेश में यौगन्धरायण का परिजन।

हंसक : उदयन के संरक्षण में रहने वाले उपाध्याय

गात्रसेवक : वासवदत्ता के भवन में छिपकर रहनेवाला यौगन्धरायण का महावत।

सालक : यौगन्धरायण का महावत।

निर्मुण्डक : यौगन्धरायण का आदमी।

महासेन : वासवदत्ता का पिता, अविन्त का प्रद्योत नाम का राजा।

भरतरोहक : महासेन का मन्त्री।

बादरायण : महासेन का कँचुकी।

भट : वासवदत्ता का नौकर।

साधारणजन : भरतरोहक के दो आदमी।

देवी : महासेन की अंगारवती नाम की पटरानी।

विजया : यौगन्धरायण की प्रतिहारी।

पहला अंक

(*नान्दी-गान के पश्चात् सूत्रधार का प्रवेश*)

सूत्रधार : इन्द्र को प्रसन्न करनेवाले, बालपन में ही राजा की उपाधि धारण करने वाले, अति पराक्रमी, देवसेना के सेनानी कार्तिकेय शक्ति द्वारा तुम्हारी रक्षा करें।

(*घूमकर और नेपथ्य की ओर देखकर*) आर्ये, इस ओर पधारें।

(प्रवेश करके)

नटी : आर्य, यह रही मैं।

सूत्रधार : आर्ये, कुछ गाओ। फिर हम भी तुम्हारे गीत से प्रमुदित रंगशाला में खेल आरम्भ करें। आर्ये, सोच क्या रही हो? गाओ न!

नटी : आज मैंने सपने में पिता के कुल को अस्वस्थ देखा है। इससे चाहती हूँ कि आर्य कुशल जानने के लिए कोई आदमी भेजें।

सूत्रधार : अच्छा! हित-साधन में समर्थ जाने हुए जन का भेजूँगा।

(नेपथ्य में)

सालक! तैयार हो गया?

सूत्रधार : जैसे पुरुष को यह यौगन्धरायण भेजता है।

(दोनों का प्रस्थान)

स्थापना का अन्त

यौगन्ध. : सालक! तैयार हो गया?

सालक : आर्य तैयार हूँ।

यौगन्ध. : जाना बहुत दूर है।

सालक : फिर तो और स्नेह से आर्य के आदेश-पालन का सुअवसर मिलेगा।

यौगन्ध. : जिसका इतना सौहार्द है वह बलवान् निःसन्देह जाएगा। क्योंकि—

घने स्नेहियों पर ही दुष्कर कार्य का भार डालना चाहिए, या ऐसों पर जो सद्गुणों के जानकार हों। जो सामर्थ्य खरीदा जाता है वह तो भाग्याधीन होने के कारण क्रम से घटता-बढ़ता रहता है। वेणुवन के बाद तीनों घने वनों से होकर कल नागवन जानेवाले स्वामी से पहले ही मिलो।

सालक : आर्य, आपका वह पत्र-मात्र ही मुझे रोक रहा है जिसके अधीन सारा कार्य है।

यौगन्ध. : विजये!

विजया : आई आर्य!

यौगन्ध. : *(प्रवेश कर)* विजये, पत्र और रक्षा-सूत्र शीघ्र ला!

विजया : जैसी आर्य की आज्ञा! *(प्रस्थान)*

यौगन्ध. : भला, मार्ग तुम्हारा पहले का देखा है?

सालक : नहीं, पहले का सुना हुआ है।

यौगन्ध. : यह भी मेधावी का लक्षण है। सुनो, हमें सूचना मिली है कि प्रद्योत वन गज का रूप बनाकर बनावटी हाथी द्वारा हमारे स्वामी को छलना चाहता है। इस दशा में स्वामी की बुद्धि कहीं भ्रमित न हो जाए। वैसे निश्चय ही प्रद्योत वत्सराज से डरता है। अपनी अक्षौहिणी सेना की दुर्बलता उसने प्रकट कर दी है। क्योंकि—
प्रकट है कि उसकी सेना संख्या में बड़ी है, पर निश्चय उसमें एकीभाव नहीं है। उसमें वीरों की संख्या भी पर्याप्त नहीं और जो हैं भी वे उसके प्रति विशेष अनुरक्त नहीं। इसी कारण वह युद्धकला में कपट का आश्रय लेता है। पर सच तो यह है कि अनुराग के अभाव में समूची सेना भी अनुरागहीन नारी की भाँति हेय है।

विजया : *(प्रवेश कर)* यह है पत्र, स्वामी की माता ने कहा है कि रक्षा-सूत्र सभी बहुओं के हाथों में शीघ्र ही बन रहा है।

यौगन्ध. : विजये, महारानी से निवेदन करो कि रक्षा-सूत्र चाहे सारी बहुओं के हाथों बन रहा हो या एक के, उसे शीघ्र दे दें।

विजया : अच्छा, आर्य! *(प्रस्थान)*

निर्मुण्डक : *(प्रवेश कर)* कल्याण हो आर्य!

यौगन्ध. : क्या बात है निर्मुण्डक?

निर्मुण्डक : आर्य, स्वामी का चरण-सेवक यह हंसक आया है।

यौगन्ध. : हंसक अकेला कैसे आया? सालक, तुम इस काल तनिक रुको! फिर तो तुम्हें या तो अति शीघ्रतर जाना होगा या और ठहरकर।

सालक : आर्य, जैसा आदेश! *(प्रस्थान)*

यौगन्ध. : निर्मुण्डक, हंसक को लाओ!

निर्मुण्डक : जैसी आज्ञा, आर्य! *(प्रस्थान)*

यौगन्ध. : पहले जो कभी स्वामी से अलग नहीं हुआ वह हंसक अकेला आया है, इससे मेरा मन उद्विग्न हो उठा है। क्योंकि—
जिस प्रकार परदेश आकर घर लौटे हुए मनुष्य को अपने कुल-बान्धवों के विषय में इष्ट-अनिष्ट की शंका होती है, उसी प्रकार इस समय मेरी बुद्धि भी शंकित है कि स्वामी के सम्बन्ध में प्रिय सुनूँगा या अप्रिय।

(हंसक और निर्मुण्डक का प्रवेश)

निर्मुण्डक : इधर, इधर आर्य!

हंसक : कहाँ हैं आर्य? किधर?

निर्मुण्डक : आर्य ये बैठे हैं, चलें उनके पास। *(प्रस्थान)*

हंसक : *(पास जाकर)* आर्य का कल्याण हो!

यौगन्ध. : हंसक, स्वामी नागवन नहीं गए न?

हंसक : स्वामी तो कल ही चले गये, आर्य!

यौगन्ध. : हाय, भेजना निष्फल होगा। हम सच ठगे गये। फिर है कुछ आशा अथवा आज ही प्राण देना होगा!

हंसक : स्वामी जीवित हैं।

यौगन्ध. : 'जीवित हैं' ऐसा कहकर तुमने बता दिया कि विपत्ति बड़ी नहीं। निश्चय स्वामी पकड़ लिये गये।

हंसक : आर्य ने सही जान लिया। स्वामी पकड़ लिये गये।

यौगन्ध. : स्वामी कैसे पकड़े गये? शोक! प्रद्योत के भाग्य कि उसने इतना कठिन कार्य सिर पर लिया। आज प्रकट हो गया कि वत्सराज के मन्त्री असमर्थ और आलसी हैं। उस काल अप्रत्याशित कार्यों में दक्ष रुमण्वान् भला कहाँ चला गया था? अथवा सवार ही कहाँ चले गये थे?

(*स्वामी के प्रति*) अनुरक्त और स्नेही, कुलवान्, श्रमशील गुणी जनों को क्या शत्रुओं ने खरीद लिया? या वे वन की गहनता में नष्ट हो गये, या सबके सब घोर युद्ध में मारे गये?

हंसक : स्वामी यदि सारे योद्धाओं के बीच रहते तो यह विपद् नहीं आती।

यौगन्ध. : सारे योद्धाओं के बीच स्वामी नहीं रहे, इसका क्या अर्थ?

हंसक : आर्य, सुनें!

यौगन्ध. : राह चलने से थक गये हैं, बैठ जाएँ।

हंसक : अच्छा आर्य! (*बैठकर*) आर्य, सुनें! पौ फटने से तनिक पहले ही, सवारी की सुखकर वेला में, बालुका तीर्थ (*घाट*) में नर्मदा पारकर, सेना को वहीं रोक, छत्र-मात्र राजचिह्न से युक्त, गजदल को विमर्दित करनेवाली थोड़ी सेना लेकर मृगपंक्तिवाली पगडंडी से स्वामी नागवन चले गये।

यौगन्ध. : फिर? फिर?

हंसक : फिर जिस पर बाण से लक्ष्य किया जा सके, सूर्य के उतना उदित होने पर, उतने ही योजन दूर जाकर जब मद-गम्भीर पर्वत बस कोस-भर रह गया था तभी तालाब की कीचड़ में आधी ऊपर निकली चट्टान की भाँति हाथियों के एक भयानक झुण्ड को हमने देखा।

यौगन्ध. : तब? तब?

हंसक : तब उस गज-समूह के विषय में चिन्तित सेना में आशंका उत्पन्न करनेवाले उन गजों के बीच से अनर्थ की जड़ एक पदाति सैनिक स्वामी के निकट आया।

यौगन्ध. : ठहरो, उसने निश्चय यही कहा होगा कि यहाँ से कोस-भर की दूरी पर मल्लिका और साल वृक्षों से घिरे शरीरवाला नख और दाँत से रहित नीला हाथी मैंने देखा है।

हंसक : अरे, आर्य ने जाना कैसे यह? फिर क्या जानते हुए भी यह अनर्थ हो गया?

यौगन्ध. : हंसक, जानते हुए, भी यम बलवान् होता है। कहो, फिर क्या हुआ?

हंसक : फिर उस क्रूर सैनिक को सौ सुवर्णों (*सोने के सिक्के*) द्वारा

सम्मानित कर स्वामी ने उससे कहा—निश्चय यह वह नील कुवलय नाम का चक्रवर्ती हाथी है जिसका वर्णन मैंने हस्तिशिक्षा में पढ़ा है। अब तुम सब इस गजदल के विषय में सतर्क हो जाओ। इस हाथी को मैं वीणावादन द्वारा वश में करके लाता हूँ।

यौगन्ध. : उस काल भला रुमण्वान् ने स्वामी की कैसे उपेक्षा की?

हंसक : नहीं, नहीं स्वामी को प्रसन्न करते हुए उस अमात्य ने निवेदन किया—'ऐरावत के-से गज तक को पकड़ लेना आपके लिए असम्भव नहीं, तथापि पूर्णतया अरक्षित होने के कारण इसमें और भी अतिरिक्त दोष हैं। उस पड़ोसी प्रान्त के लोग निर्लज्ज और बुद्धिहीन हैं। इससे गजयूथ को पैदल सेना के सुपुर्द कर हम सभी चलें, स्वामी, अकेले न जायें।'

यौगन्ध. : महाजनों के समान ही रुमण्वान् ने स्वामी से यह कहा। इसी प्रकार की अनिन्द्य स्वामी-भक्ति की इच्छा करता हूँ। अच्छा, फिर?

हंसक : फिर अपने जीवन की सौगन्ध से मन्त्री को लौटाकर नील-बलाटक नामक गज से उतर सुन्दरपाटल नामक घोड़े पर चढ़ मध्याह्न के पहले ही केवल बीस पदाति सैनिकों के साथ स्वामी चले गये।

यौगन्ध. : विजय के लिए! हा, धिक्कार है! स्नेह के वश हो पहले की सूचना पर ध्यान नहीं दिया। उसके बाद?

हंसक : उसके बाद दुगने वेग से मार्ग चलकर सघन सालों की छाया में समान रंग होने से नीलिमा नष्ट हो जाने के कारण मानो शरीर बिना ही चमकते दाँतोंवाले उस दिव्य गज का बनावटी आकार सौ धनुष की दूरी पर लक्षित हुआ।

यौगन्ध. : हंसक, यह कहो कि यह हमारा परिताप था। अच्छा फिर?

हंसक : फिर घोड़े से उतरकर स्वामी ने देवताओं को प्रणाम किया और वीणा हाथ में ली। तब पीछे से मत्त गज की भारी चिंघाड़ सुन पड़ी, पहले से निश्चित कार्यक्रम के अनुसार।

यौगन्ध. : मत्त गज की चिंघाड़? अच्छा, फिर?

हंसक : फिर उस चिंघाड़ को सही-सही समझने के प्रयत्न में हम सब लगे। इसी बीच शस्त्रधारी महामात्य सैनिकों-सहित सहसा निकल पड़े जिससे उस गज का कृत्रिम स्वरूप खुल गया।

यौगन्ध. : तब क्या हुआ?

हंसक : तब नाग और कुल के सम्बोधन द्वारा अपने अभिजात परिजनों को आश्वस्त करते हुए स्वामी ने कहा—''यह निःसन्देह प्रद्योत की चाल है। मेरे पीछे आओ। मैं इस विषम शत्रु की चाल को पराक्रम से नष्ट कर दूँगा।'' और स्वामी ऐसा कहकर शत्रु सेना में घुस पड़े।

यौगन्ध. : घुस पड़े? वस्तुतः यही उचित था—
अपनी मर्यादा रखनेवाला मनस्वी और पराक्रमी पुरुष ठगे जाने में लज्जित होकर इसके सिवा और कर ही क्या सकता है?[7]
उसके बाद?

हंसक : उसके बाद इशारे पर चलनेवाले अपने सुन्दरपाटल घोड़े की सहायता से अभिप्राय से भी अधिक प्रहार करते हुए भी शत्रुओं की संख्या की अधिकता से अत्यन्त थक गये। साथ के सभी लोग, सिवा मेरे, काम आये। नहीं, नहीं! स्वामी के कारण ही मैं बच गया। इस प्रकार दिन-भर युद्ध करने से थके और अनेक प्रहारों से घायल शरीरवाले स्वामी घोड़े से गिरकर अस्त होते हुए सूर्य की दारुण बेला में मूर्च्छित हो गये।

यौगन्ध. : क्या मूर्च्छित हो गये स्वामी? अच्छा फिर?

हंसक : फिर पास के वन से ढेर की ढेर उखाड़ी दृढ़ लताओं से साधारण बन्दियों की भाँति निष्ठुर यन्त्रणा के साथ स्वामी बाँध लिये गये।

यौगन्ध. : अरे स्वामी बाँध लिये गये? गजेन्द्र की सूँड-सी मोटी, कठोर और कसी, प्रबल कन्धों से निकली, बाण फेंकने में अभ्यस्त, धनुष की प्रत्यञ्चा खींचने में कुशल, द्विजों के चरण स्पर्श से पावन, आलिंगन द्वारा मित्रों का सत्कार करने वाली स्वामी की उन भुजाओं में वलय की जगह बन्धन डाल दिये गये।
फिर किस समय स्वामी को होश आया?

हंसक : आर्य, उन पापियों का गर्व नष्ट होने के बाद।

यौगन्ध. : भाग्य से शरीर-मात्र अपमानित हुआ, तेज नहीं। फिर?

हंसक : फिर होश में आये स्वामी को देख वे पापी 'इसी ने मेरे भाई को मारा, इसी ने मेरे पिता को मारा, इसी ने मेरे पुत्र को मारा,

इसी ने मेरे मित्र को मारा', इस प्रकार अनजाने में स्वामी के पराक्रम का ही बखान करते हुए चारों ओर से उन पर टूट पड़े।

यौगन्ध. : तब?

हंसक : तब एक आश्चर्यजनक बात हुई। परस्पर अनुनय से प्रेरित उनमें से एक भयानक अनाचार करने को उद्यत हुआ। दक्षिणाभिमुख स्वामी को उलटकर युद्ध के श्रम से बिखरे उनके रूखे केशों को निष्ठुरतापूर्वक खींचता हुआ वह मारने की इच्छा से करवाल निकालकर दौड़ा।

यौगन्ध. : हंसक, रुको तनिक! तब तक लम्बी साँस भर लूँ।

हंसक : तब रुधिर से लाल और रपटनेवाली भूमि पर अपने ही वेग से फिसलकर वह हत्या के लिए उद्यत नृशंस स्वयं गिरकर मर गया।

यौगन्ध. : अच्छा, गिर पड़ा वह पापी? ओ—

शत्रुओं के आक्रमण और धर्म-संकरता से रहित भली प्रकार रक्षित भूमि आपत्काल में स्वामी की सभी प्रकार से अपने-आप रक्षा करती है।

हंसक : तभी आरम्भ में ही स्वामी के बर्छे के प्रहार से मूर्छित प्रद्योत का शालंकायन नामक आमात्य 'नहीं! नहीं! ऐसे दुःसाहस का काम न करो!' कहता वहाँ आ पहुँचा।

यौगन्ध. : तब? तब?

हंसक : तब उस परिस्थिति में दुर्लभ प्रणाम करते हुए उसने स्वामी को बन्धन-मुक्त करा दिया।

यौगन्ध. : स्वामी बन्धन-मुक्त हो गए? धन्य, शालंकायन धन्य? परिस्थिति निश्चय शत्रु को भी मित्र बना देती है। हंसक, अब तनिक मेरा मन उस चिन्ता से आश्वस्त हुआ। फिर उस महानुभाव ने क्या किया?

हंसक : फिर वह आर्य उपचार सहित अनेक शान्ति-वचन स्वामी से बोला, 'गहरे घावों के कारण अन्य वाहन पर जाने में ये असमर्थ हैं', ऐसा कह, उन्हें पालकी पर चढ़ाकर उज्जयिनी ले गया।

यौगन्ध. : स्वामी को ले गया? अरे, यह तो अनर्थ हुआ। प्रद्योत का यह मनोरथ तो हम पहले से ही जानते थे। स्वामी मनस्विता के कारण और भी कष्ट पा रहे होंगे।

और,

अब उस पहले के नगण्य राजा को हमारे नरेन्द्र किस प्रकार देखेंगे? जिनके वचन की कभी अवहेलना तक न की गई, कैसे वे उस नीच की बात सुनेंगे? कभी निष्फल न जानेवाले क्रोध को वे क्योंकर धारण करेंगे? वस्तुतः पराजित चाहे अपमानित हो या मान प्राप्त करे, झुकना तो उसे पड़ता ही है।

प्रतिहारी : *(प्रवेश कर)* आर्य, रक्षा-सूत्र यह रहा।

यौगन्ध. : भाग्य के क्षय से हमारे सारे समयोचित करणीय व्यर्थ हो गये, जैसे युद्ध समाप्त हो जाने से अश्वों के नीराजना आदि मंगल-कार्य व्यर्थ होकर कौतुक-मात्र रह जाते है।

प्रतिहारी : आर्य, यह रक्षा-सूत्र है।

यौगन्ध. : विजये, रख दो!

प्रतिहारी : स्वामी की माता से क्या निवेदन करूँ?

यौगन्ध. : विजये, यह, यह?

प्रतिहारी : यह क्या?

यौगन्ध. : यह!

प्रतिहारी : कहें, कहें आर्य, कहें!

यौगन्ध. : इसे छिपाये न रख सकूँगा। स्वामी की माता को बता ही दूँ। विजये, जी को शान्त रखो। *(कान में कहता है।)* बात यह है।

प्रतिहारी : सच?

यौगन्ध. : विजये, सच ऐसा ही है।

प्रतिहारी : जाती हूँ मन्दभागिनी।

यौगन्ध. : विजये, स्वामी के पकड़ लिये जाने की बात स्वामी की माता से सहसा न कह देना। स्नेह-दुर्बल माता के हृदय की रक्षा करनी है।

प्रतिहारी : फिर इस समय कैसे निवेदन करूँ?

यौगन्ध. : सुनो,

आरम्भ में युद्ध के दोषों को गिनाकर संशय की भावना उत्पन्न करना, फिर जब तुम्हारी बात का अर्थ सन्दिग्ध हो उठे और उससे पुत्र के विनाश की चिन्ता से राजमाता का दुःख बहुत बढ़ जाये तब वास्तविक बात कहना।

प्रतिहारी : समझी! *(प्रस्थान)*

यौगन्ध. : हंसक, ऐसे समय तुम स्वामी के साथ क्यों नहीं गये?

हंसक : आर्य, मैंने ऐसा करके अपने ऊपर अनुग्रह करना चाहा परन्तु शालंकायन ने कहा कि 'जाओ, और यह वृत्तान्त कौशाम्बी में कहो!'

यौगन्ध. : क्या इसका तात्पर्य लोगों में निराशा उत्पन्न करना है या स्नेहीजनों को स्वामी के समीप से हटाने के लिए उसने ऐसा किया?

हंसक : अब क्या?

यौगन्ध. : वह अपनी सफलता की उदारता प्रदर्शित कर रहा है। उद्योग के आरम्भ में ही सिद्धि मिल जाने से आदमी रमणीय कार्य-सम्पादन करने लगता है। तो मेरे लिए अलग से स्वामी ने कुछ नहीं कहा?

हंसक : कहा, आर्य! स्वामी की प्रदक्षिणा कर जब मैं चला तब बहुत कहने की इच्छा रखते हुए भी उमड़ते आँसुओं भरी दृष्टि से स्वामी ने केवल इतना कहा—'जाओ, यौगन्ध...'

यौगन्ध. : कहो न, स्पष्ट कहो। यह तो स्वामी का वाक्य है।

हंसक : 'यौगन्धरायण से मिलो!' बस इतना।

यौगन्ध. : नहीं, नहीं! क्या समूचे मन्त्रिमण्डल को छोड़ केवल यौगन्धरायण से ही मिलने को कहा?

हंसक : और क्या।

यौगन्ध. : विपत्ति का प्रतिकार न करनेवाले, स्वामी के अन्न का उपकार न माननेवाले, राजसम्मान का उचित प्रतिफल न देनेवाले मुझे ही स्वामी ने मिलने योग्य क्यों माना?

हंसक : मैंने सच कहा।

यौगन्ध. : खैर, स्वामी भी मुझमें अब अन्य व्यक्ति पाएँगे।
रिपु के नगर *(उज्जयिनी)* में कारागार में या वन में, मरकर अथवा स्वयं बन्धन-प्राप्त होकर जहाँ जैसे भी होगा स्वामी से मैं मिलूँगा। अपनी विजय माननेवाले उस राजा प्रद्योत को ठगकर स्वामी को जब राज्य दिला लूँगा तब उनके समीप प्रशंसा का पात्र बनूँगा।

(नेपथ्य में)

हाय! हाय! स्वामी!

यौगन्ध. : यह स्त्रियों का यथाशक्ति शोक का प्रतिकार है। वस्तुतः यह मन्त्रियों के ही असामर्थ्य का प्रमाण है।

प्रतिहारी : *(प्रवेश कर)* आर्य राजमाता...

यौगन्ध. : क्या? क्या?

प्रतिहारी : आह!

यौगन्ध. : क्या?

प्रतिहारी : राजमाता ने कहा है, ऐसे सुहृदों के होते भी वत्सराज की यह दशा! इसके प्रतिकार के लिए क्या उपाय करें? इसके लिए सम्माननीय मित्रों को बुलाना चाहिए। ऐसा संकट उपस्थित होने पर भी जो शोक नहीं करता, विषम स्थिति उत्पन्न होने पर भी निराश नहीं होता, ठगे जाकर भी विषाद नहीं करता, चोट खाकर भी जो प्राण नहीं छोड़ता, निःसन्देह बुद्धिमान वही है। उसी से पूछती हूँ। मेरे बच्चे का पहले वह मित्र है, फिर अमात्य है। वही मेरा पुत्र मेरे बच्चे को लाये।

यौगन्ध. : अहा राजमाता ने निश्चय राजकुलोचित ही धीर वचन कहा है। उनकी इस सुन्दर प्रवृत्ति की पूजा करता हूँ। विजये, तनिक जल लाना।

प्रतिहारी : आर्य अभी! *(जाकर लौटकर)* यह रहा जल।

यौगन्ध. : लाओ! *(आचमन करके)* विजये, राजमाता ने क्या कहा?

प्रतिहारी : मेरा पुत्र ही मेरे पुत्र को छुड़ा लाये।

यौगन्ध. : हंसक, स्वामी ने क्या कहा?

हंसक : यौगन्ध...यौगन्धरायण से मिलो, बस।

यौगन्ध. : विजये!

राहु से ग्रसे चन्द्रमा की भाँति शत्रुसेना से ग्रसे राजा को यदि न छुड़ा लिया तो मैं यौगन्धरायण नहीं।

प्रतिहारी : आर्य, निश्चय ऐसा ही होगा। *(प्रस्थान)*

निर्मुण्डक : *(प्रवेश करके)* आर्य, आश्चर्य हुआ! स्वामी की शान्ति के निमित्त होनेवाले भोज में आये ब्राह्मणों को देखकर पागल वेशधारी एक ब्राह्मण ने अट्टहासपूर्वक कहा–'मौज से खायें, आप मौज से। इस

राजकुल का उत्कर्ष होगा।' फिर यह कहते ही कहते वह अदृश्य हो गया।

(ब्राह्मण का प्रवेश)

ब्राह्मण : अपना कार्य हो जाने पर आपके योग्य समझकर इन विशिष्ट वस्त्रों को छोड़ गये हैं। इन्हीं से शरीर ढककर भगवान् द्वैपायन पधारे थे।

यौगन्ध. : ऐसा? द्वैपायन पधारे थे?

ब्राह्मण : हाँ ऐसा ही!

यौगन्ध. : देखूँ फिर!

ब्राह्मण : देखें आप!

यौगन्ध. : अरे, यह तो मेरा रूप ही बदल गया! वाह! लगता है जैसे स्वामी के निकट पहुँच गया। मुझे उपदेश देने के लिए ही वे इन्हें छोड़ गये हैं। उन्मत्त का-सा वेश धारण किये हुए वह साधु राजा को मुक्त कराएगा, साथ ही मुझे भी छिपाए रखेगा।

प्रतिहारी : *(प्रवेश करके)* आर्य, राजमाता ने कहा है— ''अपने पुत्र से मिलना चाहती हूँ।

यौगन्ध. : अभी, अभी, आया! आर्य, *(तब तक)* शान्ति--गृह में मेरी प्रतीक्षा करें!

ब्राह्मण : भला! *(प्रस्थान)*

यौगन्ध. : विजये, चलो आगे!

प्रतिहारी : जैसी आज्ञा, आर्य!

यौगन्ध. : अरे, मथे जाने से काठ से आग उपज जाती है, खोदे जाने से भूमि जल प्रदान करती है। उत्साहशील जनों के लिए कुछ भी असाध्य नहीं। मार्गारूढ़ हो गये लोगों के सभी प्रयत्न सफल हो जाते हैं।

(प्रस्थान)

प्रथम अंक समाप्त

दूसरा अंक

(कंचुकी का प्रवेश)

कंचुकी : आभीरक! आभीरक! जा, महासेन के वचन से प्रतिहाररक्षक से कह—आज काशिराज के उपाध्याय आर्य जैवन्ति दूत बनकर आये हैं। सामान्य दूत की भाँति इनका सत्कार न करो, विशेष सुखपूर्वक इन्हें ठहराओ। जितना सुन्दर अतिथि-सत्कार हो सके उतना करो। अनुकूल गोत्र वाले राजकुलों से कन्यादान की अभिलाषा से भेजे दूत नित्य आते हैं। परंतु महासेन न तो किसी के प्रतिकूल ही कुछ कहते हैं, न किसी पर कृपा ही करते हैं। इसका अर्थ क्या? अथवा सच तो यह है कि कन्यादान दैवाधीन है।

क्योंकि—

प्रकट है कि अब तक उस वर का दूत नहीं आया जिनका इसे वधू होना लिखा है। इसी से राजाओं के गुणों को जानते हुए भी नहीं जानते हुए-से होकर हमारे नरेन्द्र उसी की प्रतीक्षा कर रहे हैं।

हे अन्तःपुर के निवासियों, यह स्थल स्वामी के आगमन से सनाथ हो रहा है। अरे, ये रहे महासेन, यह, यहाँ—

दूर्वांकुर की शोभा को लजाने वाले जड़े नीलम की किरणों से व्याप्त सोने के अंगद से कसी भुजाओं और पुष्ट कंधोंवाले ये इस घने स्वर्णिम ताल वन के एक भाग से ऐसे निकल रहे हैं जैसे शर-वन से कार्त्तिकेय।

(प्रस्थान)

विष्कम्भक का अन्त

(राजा का सपरिवार प्रवेश)

राजा : मेरे घोड़ों के खुरों से उठी धूल राजा लोग भृत्यभाव से अपने मुकुटों पर धारण करते हैं परन्तु उससे मुझे सन्तोष नहीं होता, क्योंकि गज-ज्ञान से गर्वीला गुणवान् वत्सराज *(उदयन)* मुझे प्रणाम नहीं करता। बादरायण!

कंचुकी : *(प्रवेश कर)* महासेन की जय हो!

राजा : जैवन्ति को ठहरा दिया?

कंचुकी : ठहरा दिया और उचित सत्कार भी कर दिया।

राजा : राजवंशोचित मर्यादा के पोषक तुमने उचित ही किया। समागत जनों की उपयुक्त पूजा होनी ही चाहिए। कन्यादान के सम्बन्ध में पूछने पर सभी चुप ही रहते हैं।

   (कंचुकी की ओर देखकर) बादरायण! लगता है, कुछ कहना चाहते हो।

कंचुकी : कोई विशेष बात नहीं। इसी कन्यादान के प्रति मन में विचार उठा था।

राजा : फिर छिपा क्यों रखते हो? सभी तो यही सोच रहे हैं। कहो न!

कंचुकी : महासेन, कहना मुझे यही है। अनुकूल राजकुलों से कन्यादान के निमित्त दूत आते रहते हैं, पर महासेन कभी न तो किसी को इन्कार करते हैं न अनुगृहीत करते हैं। बात क्या है?

राजा : बादरायण, बात यह है—अत्यन्त गुणवान् वर के लोभ और वासवदत्ता के प्रति अत्यन्त स्नेह के कारण कुछ निश्चय नहीं कर पा रहा हूँ। पहले तो मन में प्रशंसनीय कुल की कामना करता हूँ, फिर चाहता हूँ कि उसमें रूप और कान्ति हो, क्योंकि स्त्रियाँ केवल गुण से तृप्त नहीं होतीं। फिर मुझे उसका वीर्यवान् होना भी अपेक्षित है, क्योंकि प्रतापवान् न होने से युवतियों की रक्षा नहीं हो सकती।

कंचुकी : पर महासेन को छोड़कर और किसी एक में तो सारे गुण इस काल नहीं दिखाई पड़ते।

राजा : यही तो चिन्ता है। कन्या के लिए वर-रूपी सम्पत्ति प्रायः पिता के प्रयत्न से ही प्राप्त होती है। शेष सब भाग्याधीन है, जो पहले से नहीं देखा जा सकता।

कन्यादान के समय माताएँ ही अधिक दुखी होती हैं, इससे देवी को तनिक बुला लो।

कंचुकी : महासेन की जो आज्ञा। (*प्रस्थान*)

राजा : हें! काशिराज का दूत आने से मुझे शालंकायन की याद आ रही है जो वत्सराज को पकड़ने गया हुआ है। पर भला उस ब्राह्मण ने आज तक कुछ सम्वाद क्यों नहीं भेजा!

वह अपनी क्रीड़ा में अवश्य संलग्न है। परन्तु उसके जो सचिव हैं, वे भी यत्न में निश्चय लगे होंगे।

(सपरिवार देवी का प्रवेश)

देवी : महासेन की जय हो!

राजा : पधारें!

देवी : महासेन की जो आज्ञा! (*बैठती है*)

राजा : वासवदत्ता कहाँ है?

देवी : वैतालिकी उत्तरा के पास नारदीय वीणा सीखने गई थी।

राजा : उसे गांधर्व विद्या से अनुराग कैसे हुआ?

देवी : किसी समय कांचनमाला को वीणा सीखते देखकर उसे भी वीणा सीखने की इच्छा हुई।

राजा : बचपन के अनुकूल ही है यह।

देवी : महासेन से कुछ मैं भी कहना चाहती हूँ।

राजा : क्या?

देवी : आचार्य की आवश्यकता है।

राजा : जिसका विवाह-काल उपस्थित है, उसे आचार्य से क्या प्रयोजन? पति ही उसे सिखायेगा।

देवी : क्या अभी बच्ची का विवाह-काल आ गया?

राजा : अरे, नित्य ही तो 'इसे पति को दीजिए', पति को दीजिए,' कहकर परेशान करती हो, फिर अब यह दुःख क्यों?

देवी : उसका विवाह कर देना मुझे अभिप्रत है, पर भावी वियोग मुझे सन्तप्त करता है। फिर उसे किसे दे रहे हैं।

राजा : अभी तक निर्णय नहीं किया।

देवी : अब तक भी नहीं?

राजा : न देने से लज्जा करती हैं, देने की बात से मन व्यथित हो उठता है। इस प्रकार धर्म और स्नेहवश देने न देने के बीच में पड़कर माताएँ दुःखार्त हो जाती हैं।

वासवदत्ता अब सर्वथा श्वसुर की सेवा करने की आयु प्राप्त कर चुकी है। उधर आज काशिराज के उपाध्याय आर्य जैवन्ति दूत बनकर आये हैं और मुझे अपने सुष्ठु आचरण से लुभा रहे हैं। *(स्वगत)* कुछ कहा नहीं। आँखों में आँसू भरे व्याकुल भला यह किस प्रकार निश्चय करेगी? भला, मैं ही इससे निवेदन करूँ। *(प्रकट)* सुनते हैं हमसे सम्बन्ध करने के प्रयोजन से अनेक राजा आये हैं।

देवी : बात बढ़ाने से क्या लाभ? जहाँ देने से हम दुखी न हों वहाँ दे दें।

राजा : तुमने तो बड़े कठिन कार्य को खेल ही खेल में कह दिया, जिससे पीछे उलाहने के लिए तैयार रहूँ। इससे देवी ही स्वयं निर्णय करें। सुनें—

हमारे सम्बन्धी मगधराज, काशिराज, अंगराज, सौराष्ट्र नरेश, मिथिलेश, शूरसेन नृपति सभी अपने नाना प्रयोजनों और गुणों से मुझे लुभा रहे हैं। इनमें से कौन भला तुम्हारी राय में उचित पात्र है?

कंचुकी : *(प्रवेश कर)* वत्सराज...।

राजा : वत्सराज क्या?

कंचुकी : प्रसन्न हों! प्रसन्न हों! महासेन, शुभ सम्वाद कहने की आतुरता से क्रम का ध्यान न रहा।

राजा : शुभ सम्वाद?

देवी : *(उठकर)* महासेन की जय हो!

राजा : *(सहर्ष)* शुभ सम्वाद के ही योग्य हो देवी! विराजो!

देवी : जैसी महासेन की आज्ञा! *(बैठती है।)*

राजा : उठो, उठो, आराम से कहो!

कंचुकी : *(उठकर)* श्रीमान् शालंकायन ने वत्सराज को बन्दी कर लिया।

राजा : *(सहर्ष)* क्या कहा आपने?

कंचुकी : श्रीमान् शालंकायन ने वत्सराज को पकड़ लिया।

राजा : उदयन को?

कंचुकी : और नहीं तो क्या?

राजा : शतानीक के पुत्र को?

कंचुकी : निश्चय!

राजा : सहस्रानीक के पोते को?

कंचुकी : उन्हीं को!

राजा : कौशाम्बी के प्रभु को?

कंचुकी : सत्य कहा, उन्हीं को।

राजा : गांधर्व विद्या वाले को?

कंचुकी : ऐसी ही प्रसिद्धि है उनकी।

राजा : वत्सराज को ही तो।

कंचुकी : और क्या? वत्सराज को ही।

राजा : तो क्या यौगन्धरायण मर गया?

कंचुकी : नहीं, वह कौशाम्बी में है।

राजा : यदि ऐसा है, यौगन्धरायण यदि जीवित है, तो वत्सराज बन्दी नहीं हुआ।

कंचुकी : महासेन विश्वास करें!

राजा : उदयन के पकड़े जाने की बात जो तुमने कही उसमें मुझे विश्वास नहीं होता, क्योंकि, यौगन्धरायण के रहते उसका बन्दी हो जाना मन्दराचल को हथेली पर घुमाने की भाँति है। जिस यौगन्धरायण के युद्ध में शौर्य का बखान शत्रु तक करते हैं उसकी नीतिमत्ता से हम भी भिज्ञ हैं।

कंचुकी : महासेन प्रसन्न हों। मैं निश्चय वृद्ध हूँ, फिर ब्राह्मण भी। आज तक महासेन के निकट मैंने असत्य भाषण नहीं किया।

राजा : हाँ, यह तो सही है। अच्छा वह प्रिय दूत कौन है, जिसे शालंकायन ने भेजा है?

कंचुकी : दूत नहीं आया। खच्चर के रथ पर वत्सराज को आगे बिठाकर अत्यन्त वेगपूर्वक स्वयं अमात्य ही पहुँचे।

राजा : इस प्रकार आये। अच्छा! आज से कवचादि त्याग मेरी सेना सुख

से विश्राम करे। आज तक जो राजा छिपे-छिपे मेरे पास दूत भेजा करते थे, वे अब निःशंक हुए। संक्षेप में तो यह है कि वस्तुतः आज ही मैं 'महासेन' हुआ हूँ।

देवी : क्या मन्त्री उसे ले आये हैं?

राजा : और क्या?

देवी : इस कारण अब किसी और को वासवचदत्ता को न देंगे।

राजा : युद्ध में जीता हुआ यह तो मेरा शत्रु है। बादरायण, शालंकायन कहाँ है?

कंचुकी : सामने द्वार पर ठहरे हुए हैं।

राजा : जाओ, भरतरोहक से कहो कि अमात्य कुमारवत् विशेष सत्कार के साथ वत्सराज को आगे करके लाएँ।

कंचुकी : महासेन को जो आज्ञा!

राजा : तनिक इधर आओ!

कंचुकी : यह आया!

देवी : वत्सराज को देखने आये लोगों में से किसी को न हटाना। हमारे नगरवासी अपने कार्यों द्वारा पहले से सुने गये मेरे उस शत्रु को देखें जो अपने ही कृत्यों से यज्ञ के लिए उपस्थित सिंह के समान अपने क्रोध को भीतर ही भीतर रोके हुए हैं।

कंचुकी : महासेन की जो आज्ञा! *(प्रस्थान)*

देवी : इस राजकुल के उत्कर्ष के अनेक अवसर आये हैं परन्तु महासेन के लिए इससे बढ़कर प्रीतिकर प्रसंग नहीं याद कर पा रही हूँ।

राजा : मुझे भी पहले का सुना हुआ इतना प्रीतिकर अवसर नहीं याद आता, जितना वत्सराज का पकड़ा जाना।

देवी : है तो वत्सराज ही न?

राजा : और क्या?

देवी : अनेक राजकुलों से विवाह-सम्बन्ध के सम्वाद आये सुने गये। पर उसने कभी कोई आदमी नहीं भेजा।

राजा : देवी, 'महासेन' शब्द-मात्र का वह उच्चारण नहीं करता, सम्बन्ध की अभिलाषा कैसी?

देवी : महासेन को कुछ नहीं गिनता तो या तो बालक है या मूर्ख।

राजा : बालक है, मूर्ख नहीं।

देवी : फिर इतना गर्व क्यों करता है?

राजा : वेदमन्त्रों में गाये प्रसिद्ध राजर्षि नाम का भारतवंश उसे गर्वीला बना रहा है। कुलागत उसकी गान्धर्व विद्या उसे अभिमानी बना रही है। यौवन-सुलभ उसका रूप उसे मद से भरमा रहा है। वैसे ही उसके नगरवासियों का प्रेम भी उसे आश्वस्त कर रहा है।

देवी : वर के काम्य गुणों से युक्त है। किसकी वामता से उसमें यह दोष आ गया है?

राजा : देवी, क्यों अकारण आश्चर्य कर रही हो? देखो—तृणों में डाली अग्नि के समान अखिल पृथ्वी का दहन करने वाला भरे शासन का तेज बस इसके राज्य की सीमा पर पहुँचकर शान्त हो जाता है।

कंचुकी : (प्रवेश कर) महासेन की जय हो! आदेशानुकूल सत्कार के साथ शालंकायन ने प्रवेश किया है। अब वे इस प्रकार निवेदन करते हैं—भरतकुल में उपयुक्त होनेवाली वत्सराज कुल की दर्शनीय यह घोषवती वीणारत्न है। महासेन इसे ले लें (वीणा दिखाता है।)

राजा : जयमंगल के रूप में मैंने इसे स्वीकार किया। (वीणा लेकर) यदि यह घोषवती नाम की वह वीणा है जो—कानों को मधुर, प्राकृतिक लाल नखों से बजाने के कारण घिसे तारोंवाली, ऋषियों द्वारा उच्चारित मन्त्रविद्या की भाँति गजों के हृदय बरबस वश में कर लेती है।

अरे, समर में जीते रत्नों का अभीष्ट संभोग प्रीतिकर होता है। बड़ा बेटा गोपालक अर्थशास्त्र के गुणों का प्रेमी है, छोटा अनुपालक व्यायामशील और गान्धर्व विद्या का द्वेषी है।

फिर इसे किसे देना उचित होगा? देवी, वासवदत्ता वीणा सीख रही है न?

देवी : हाँ।

राजा : फिर उसी को दें!

देवी : वीणा पाने पर तो वह और भी उन्मत्त हो उठेगी।

राजा   : खेलने दो, खेल लेने दो उसे। ससुर के घर भला खेलना कहाँ सम्भव?
          बादरायण, है कहाँ वह?

कंचुकी : अमात्य के पास बैठी है।

राजा   : अच्छा, वत्सराज भी वहीं हैं।

कंचुकी : पैरों में बेड़ी पड़ी होने और अनेक प्रहारों के कारण चलने में असमर्थ-से
          शय्या पर डाल और शय्या को कंधे पर उठाकर बीच के कमरे में
          ले गए हैं।

राजा   : दुःख है कि उसे इतने घाव लगे। इसका दोषी उसका प्रकटित तेज
          है। इस स्थिति में उसकी उपेक्षा क्रूर ही करेगा। बादरायण, जाओ
          भरतरोहक से कहो कि उसके घावों की चिकित्सा हो!

कंचुकी : महासेन की जैसी आज्ञा!

राजा   : अथवा सुनो!

कंचुकी : यह रहा मैं!

राजा   : सभी प्रकार से उसका समादर होना चाहिए। उसकी चेष्टा से उसकी
          रुचि जानी जाए। समाप्त युद्ध की बात उसके सामने न चलाई
          जाए। भूख आदि का विशेष ध्यान रखा जाए। काल की सूचना
          स्तुति-गान से दी जाए।

कंचुकी : महासेन की जैसी आज्ञा! *(जाकर फिर लौटकर)* महासेन की जय
          हो! वत्सराज के घावों का उपचार मार्ग में ही किया जा चुका है।
          दूसरी बार उपचार के लिए अभी समय नहीं हुआ। अभी सूर्य मध्याह्न
          में प्रवेश कर रहे हैं।

राजा   : अच्छा, रखा कहाँ है उस मनस्वी को?

कंचुकी : मयूरयष्टिमुख नामक महल में।

राजा   : धिक्कार! वह स्थान उसके योग्य नहीं। धूप से रक्षा के लिए उसे
          काँच के फर्श वाले प्रासाद में रखने की व्यवस्था करो।

कंचुकी : महासेन की जैसी आज्ञा! *(जाकर और लौटकर)* महासेन ने जो-जो
          आज्ञा दीं वे सब सम्पन्न हो गईं। अमात्य भरतरोहक महासेन से
          मिलने की प्रार्थना करते हैं।

राजा   : प्रकट है कि वत्सराज का यह सत्कार उसे नहीं भाता। यही उसकी
          नीति की इतिश्री है। मैं ही उसे अनुकूल करूँगा।

देवी : सम्बन्ध के विषय में क्या निर्णय किया?

राजा : अभी कुछ निश्चय नहीं किया।

देवी : जल्दी की कुछ बात नहीं। लड़की मेरी अभी नादान है।

राजा : देवी की जैसी इच्छा! अब भीतर चलो!

देवी : जैसी महासेन की आज्ञा! *(सपरिवार प्रस्थान)*

राजा : *(सोचता हुआ)* पहले तो इसके प्रति मेरी वैर-भावना थी, परन्तु पकड़कर लाये जाने से उसके प्रति मैं विकारहीन हुआ। युद्ध में घायल होने से उसकी विपन्नता सुनकर उसके लिए सशंक चिन्ता करने लगा हूँ। *(प्रस्थान)*

तीसरा अंक

(भाँड के वेश में विदूषक का प्रवेश)

विदूषक : *(चारों ओर देखकर)* अरे देवकुल के पीठासन पर अपने लड्डु पात्र को रखकर दक्षिणा के पैसों को गिन-बाँधकर छुट्टी पा गया था, पर वह लड्डु का पात्र अब दिखाई नहीं देता। *(सोचता हुआ)* अरे, वह तो एक ही लड्डु से सन्तुष्ट हो गया, अब पीछे-पीछे नहीं आ रहा है। परकोटे की ऊँचाई के कारण कुत्तों की पहुँच यहाँ नहीं है? अखंड भक्त होने के कारण पथिकों के लोभ की सम्भावना नहीं, या शायद मैं ही खा गया। फिर उसे उगल डालूँ। हि, हि, अरे यह तो भीतर से वृद्ध शूकर की भाँति शुद्ध डकार आ रही है अथवा ऐसा समझकर कि जो लोहित कात्यायिनी का है सब मेरा ही है, कहीं शंकर ने ही तो नहीं हथिया लिया। *(चारों ओर देखकर)* है तो यह ब्रह्मचारी, पर अनेक रूप से अविनय करता रहता है। अच्छा अब इसे समझूँगा। अरे मेरे लड्डुओं का पात्र तो यहाँ शिवचरणों में रखा है। इसे ले लेता हूँ। दे दो स्वामी, दे दो मेरा लड्डु का पात्र! स्वामी, भला तुम भी मेरी वस्तु चुराते हो? लगता है, दुःखजनित अन्धकार के कारण अपने चित्रित लड्डु के पात्र को मैंने साफ न देखा। अच्छा तो इसे माँजकर साफ ही कर डालूँ। वाह रे चित्रकार, वाह! इतना सुन्दर चित्रित है यह कि जैसे-जैसे इसे माँजता हूँ वैसे ही वैसे यह चमकता जा रहा है। अब इसे पानी से धो डालूँ। अब पानी कहाँ मिले? अरे! यह सुन्दर-शुद्ध तालाब है। अच्छा अब शिव भी मेरी ही भाँति लड्डुओं के इस पात्र से निराश हों।

(नेपथ्य में)

लड्डु! लड्डु! अहा हा!

विदूषक : निश्चय इसी पागल ने लड्डुओं का मेरा पात्र लिया है और अब बरसाती गंदले फेनिल नाले के जल की भाँति इधर ही दौड़ा चला आ रहा है। ठहर, ठहर रे पागल! ठहर! इसी डंडे से तेरा सिर फोड़ता हूँ।

(पागल का प्रवेश)

पागल : लड्डु! लड्डु! अहा हा!

विदूषक : अरे पागल, ला मेरा लड्डुओं का पात्र!

पागल : कौन-से लड्डु? कहाँ हैं लड्डु? किसके लड्डु? ये लड्डु फेंके जाते हैं या रखे जाते हैं या खाये जाते हैं?

विदूषक : न खाये जाते हैं, न फेंके जाते हैं।

पागल : यह मेरी जीभ तो खाने के लिए लपलपा रही है।

विदूषक : देख पागल, ला मेरे लड्डुओं का पात्र, वरना दूसरे की वस्तु के लोभ में पकड़ा जाएगा।

पागल : कौन पकड़ेगा मुझे? लड्डु ही मेरी रक्षा करेंगे। विविध मसालों से युक्त बहुत दिनों के हो जाने से कुछ सूखे इन लड्डुओं को मूल्य देकर अपनी प्रसन्नता के लिए राजप्रसाद से लाया था।

विदूषक : अरे पागल, ला मेरा लड्डुओं का पात्र! इसी की प्रतीति से मुझे उपाध्याय के यहाँ जाना है।

पागल : मुझे भी इसी के बल से सौ योजन जाना है।

विदूषक : तू क्या ऐरावत है?

पागल : निश्चय, मैं ऐरावत हूँ। पर तब तक नहीं जब तक इन्द्र मुझपर आसन नहीं जमाते। सुना है, इन्द्र बेड़ियों से जकड़ा हुआ है। फिर तो धारा-रूपी बिजली के कोड़ों के प्रहार से बवन्डर में पड़े मेघ-बन्धन को काट दिया जाएगा।

विदूषक : अरे पागल, जो तू मेरा पात्र नहीं देगा तो मैं रोता हूँ।

पागल : रोओ! रोओ! चिल्लाओ, विलपो!

विदूषक : अरे ब्राह्मण को न मारो! ब्राह्मण को न मारो!

पागल : लो मैं भी रोता हूँ–इन्द्र बन्दी हो गया! इन्द्र बन्दी हो गया!

विदूषक : अरे ब्राह्मण को न मारो!

(नेपथ्य में)

डरो मत! डरो मत! ब्राह्मणोपासक, डरो मत!

विदूषक : चन्द्रमा के आते ही सारे नक्षत्र आ पहुँचे। ब्राह्मण होना भी पाप है। इच्छा करते ही यह श्रमणक तक हमें अभयदान कर रहा है।

(श्रमणक का प्रवेश)

श्रमणक : डरो मत! डरो मत! ब्राह्मणोपासक, डरो मत! कौन-कौन हैं यहां? किसलिए सब रो रहे हैं?

विदूषक : अरे यहाँ क्या श्रमणक ही प्रतिहार का कार्य करता है? हे श्रमणक! भगवन्! इस पागल ने मेरा लड्डुओं का पात्र ले लिया है, देता नहीं।

श्रमणक : देखूँ तो लड्डुओं को।

पागल : श्रमणक, देखें आप इन्हें!

श्रमणक : थू! थू!

विदूषक : हरे, इस श्रमणक ने अकारण पागल के हाथ पर 'थू! थू!' करके मुझ अभागे के लड्डुओं को भ्रष्ट कर दिया। शायद पहले से ही जानता था।

श्रमणक : रे पागल, फेंक दे इन लड्डुओं को, फेंक दे! कस्थूलिका-फेन से पीले लड्डु पिट्ठी की अधिकता से बजबजा रहे हैं। इनसे सुरा-सी दुर्गन्ध निकल रही है। सड़ गये हैं। खाना मत इन्हें, वरना क्षयग्रस्त हो जाओगे।

विदूषक : मैं तो इन्हें बेसन का समझ रहा था, इनमें अब तक इसी से जी ललचाया था।

श्रमणक : अरे उन्मत्त उपासक, फेंक इन्हें, फेंक दे! नहीं फेंकता तो शाप देता हूँ।

पागल : प्रसन्न हों! प्रसन्न हो! भगवान् श्रमणक! शाप न दें। ले लें, इन्हें ले लें!

श्रमणक : ब्राह्मणोपासक! देखो, देखो, मेरा प्रभाव!

विदूषक : यह पागल शाप देने को उद्यत इस श्रमणक के भय से पसारी उँगलियों की नोक पर लड्डुओं के पात्र को रखे खड़ा है। अरे पागल, ला, दे मेरा लड्डुओं का पात्र!

श्रमणक : आइये, आइये श्रीमान्; इन लड्डुओं के बदले मुझे आशीर्वाद देने का अवसर दीजिए।

विदूषक : हि! हि! इन लड्डुओं से तो मैं अपने-आप आशीर्वाद दे लूँगा। मुझे भी ये एक गृहस्थ के यहाँ से दान में मिले हैं, वही अब आपको भेंट हो जाएँगे। सो तो यह सुफल ही होगा। यह पागल अग्निगृह की ओर जा रहा है। दोपहर हो चुकी है। पहले पहर में भी यह स्थान प्रायः सुनसान ही रहता है। तब तक मैं भी मार्ग में पड़ने वाले अपने घर में उन दक्षिणा के पैसों को रखता आऊँ। एक को साड़ी से मतलब है दूसरे को उसके दाम से।

(सब अग्निगृह में प्रवेश करते हैं।)

यौगन्ध. : वसन्तक! यह अग्निगृह तो सर्वथा सूना है।

विदूषक : जी हाँ, निःसन्देह यह है।

यौगन्ध. : फिर दोनों परस्पर मिल लें!

दोनों : ठीक है। *(गले मिलते हैं।)*

यौगन्ध. : अच्छा, अच्छा! आप दोनों समान रूप से थके हैं। आप बैठें! आप भी बैठें।

दोनों : अच्छा!

(सभी बैठते हैं।)

यौगन्ध. : वसन्तक, तुमने स्वामी को स्वयं देखा?

विदूषक : जी हाँ, वहाँ देखा उन्हें।

यौगन्ध. : कष्ट! रात तो भली प्रकार बीत गई, अब दिन भी इस प्रकार कुशलपूर्वक बीत जाये तो भला।

दिन बीतने पर रात को प्रतीक्षा रहती है, शुभ प्रभात में अगले दिन की चिन्ता हो आती है, परन्तु अनागत अशुभ की प्रतीक्षा करने वालों के लिए तो शान्ति बीते हुए काल को देखकर ही होती है।

रुमण्वान् : आपने ठीक ही कहा। दिन और रात समान होते हुए भी बन्धन में पड़े हुओं को तो रात ही विशेष भयानक होती है। क्योंकि—

व्यवहार में साधनहीन, समाजविरोधी, प्रातःकाल ही दोष देखने वाले शत्रुओं के लिए रजनी ही भयावह होती है।

यौगन्ध. : वसन्तक, स्वामी से कुछ बात भी की?

विदूषक : जी हाँ, वह पहले ही आपसे कह चुका हूँ। आज उनका चतुर्दशी का स्नान भी मेरे सामने ही हुआ।

यौगन्ध. : अच्छा, स्वामी ने स्नान किया?

विदूषक : हाँ, स्नान किया स्वामी ने।

यौगन्ध. : पूजा भी की?

विदूषक : हाँ, पूजा तो प्रणाम-मात्र द्वारा की।

यौगन्ध. : स्वामी इस चिन्तनीय स्थिति को पहुँच गये।

स्थानान्तर जिसकी पूजा की वेला उपस्थित होने पर नगाड़े बजते थे, काल के प्रतिकूल होने से उसी के तिथि पूजन, प्रणाम-मात्र द्वारा की जानेवाली पूजा के समय बेड़ियों की झँकार सुनाई देती है।

रुमण्वान् : अब तो आपके प्रयत्न से ही स्वामी को उचित अतिथि-सत्कार आदि का अवसर मिलेगा।

यौगन्ध. : वसन्तक, जाओ, फिर स्वामी से मिलो। उनसे निवेदन करना कि वह जो कल चलने के प्रबन्ध की बात थी उसका कल प्रयोग होगा, क्योंकि नलागिरि *(हाथी)* के रहने, नहाने, खाने, सोने आदि सभी स्थानों पर जो ओषधियाँ फैला दी गई हैं, उनसे और मन्त्र-योग से अपने नैमित्तिक कार्यों में वह मोहग्रस्त कर दिया गया है। अनुकूल पवन द्वारा महकने योग्य धूप की भी व्यवस्था कर ली गई है। उसके रोष को जगानेवाले प्रतिकूल गजमद का भी प्रबन्ध कर लिया गया है। गजशाला के पास ही छोटे घर को जला दिया गया है जिससे अभ्यस्त होकर वह गज, हाथियों के लिए स्वाभाविक भय, अग्नि-ज्वाला से न डरे। गजपति का

चित्त उद्भ्रान्त करने के लिए मन्दिरों में शंख और नगाड़े रखवा दिए गए हैं। इन सारे साधनों के बीच होने वाले उस महानाद से घबड़ाकर प्रद्योत निश्चय स्वामी की शरण आएगा। तब शत्रु की अनुमति से बन्धन से छूटकर उसके अधीनस्थ घोषवती *(वीणा)* को हस्तगत कर स्वामी नलागिरि को वश में कर लें। फिर स्वामी नलागिरि पर ही चढ़कर बैठ जाएँ।

तदुपरान्त गज को इतने वेग से चलाकर कि शत्रु-सेना का पीछा करने की बात मन की मन में ही रह जाए, सिंहों का गर्जन समाप्त होने के पूर्व ही विन्ध्याचल लाँघ, एक ही दिन में कठिन कारागार, वन और अपने नगर *(कौशाम्बी)* तीनों स्थितियों को भोगते हुए *(स्वामी)* जिस गज के छल द्वारा पकड़े गये उसी के द्वारा स्वतन्त्रता प्राप्त कर लें।

रुमण्वान् : वसन्तक, अब क्या सोच रहे हो?

विदूषक : यही सोच रहा हूँ कि आप लोगों का इतना महान् प्रयत्न कहीं व्यर्थ न हो जाए!

दोनों : निश्चय तुम्हारी बात हम नहीं समझे।

विदूषक : पहले मैं, फिर आप लोग। *(पहले मैंने बात बता दी, अब आप जानें।)*

यौगन्ध. : अच्छा, कार्य बिगड़ने का कारण क्या है?

विदूषक : वत्सराज के स्वयं कार्यान्तर के कारण।

यौगन्ध. : वह किस प्रकार

विदूषक : आप दोनों सुनें।

दोनों : हम ध्यान से सुन रहे हैं।

विदूषक : इसी कालाष्टमी के दिन जो अभी बीती है, आदरणीया वासवदत्ता नाम की राजकुमारी धाय के साथ—कंचुकी को हटाकर, कन्या का दर्शन निर्दोष होता है *(अविवाहिता होने के कारण खुले मुँह निकलने में दोष नहीं होता)*—इससे *(खुली)* पालकी में बैठकर परनाला टूट जाने से जल के मारे दुर्गम राज-मार्ग को छोड़ जैसे-तैसे कारागार के सामने से भगवती यक्षिणी के स्थान पर पूजन के लिए गई थी।

यौगन्ध. : फिर? क्यों?

विदूषक : फिर उस दिन महाराज कारागार के शिवक नामक भीतरी रक्षक को अनुकूल कर बाहर द्वार पर निकल आये थे।

दोनों : तब? तब?

विदूषक : तब वाहकों के कंधा बदलने के लिए रुकी पालकी में बैठी राजपुत्री को उन्होंने खूब देखा।

यौगन्ध. : फिर? फिर?

विदूषक : फिर? फिर क्या? कारागार को ही प्रमदवन *(नज़रबाग)* मानकर प्रेम-लीला करने लगे।

यौगन्ध. : निश्चय उसके प्रति स्वामी में अनुराग उत्पन्न न हुआ होगा।

विदूषक : अरे, अनर्थ तो संघचारी *(अनेक एकसाथ आनेवाले)* होते हैं न। ऐसा ही हुआ।

यौगन्ध. : सखे रुष्णानु, धीरज धरो! *(लगता है)* इसी वेश में बुढ़ापा कटेगा।

विदूषक : अरे, मुझसे यह भी उन्होंने कहा कि यौगन्धरायण से कहो कि जो उपाय उन्होंने सोचा है वह मुझे नहीं रुचता। जाना तो हम लोगों का समान निश्चय है ही, पर विशेष चिन्ता प्रद्योत की अवमानना की होनी चाहिए। कामवश हो गया हूँ, ऐसा न सोचें। इस अपमान के बदले का ही उपाय सोचूँगा।

यौगन्ध. : अहो, शत्रुजन के उपहास का उपाय! अहो, बुद्धि की विडम्बना! अहो, मित्रों को सन्ताप देने का ढंग! अनुचित देश और काल में स्वामी को रंगरेलियाँ सूझी हैं!

क्योंकि—अपनी बनाई चटाई से ढकी भूमि पर भी बनानेवाले को घमंड हो सकता है; कामदेव को अवलम्ब किये जन के लिये पैरों की बेड़ियों की ध्वनि भी पर्याप्त होती है! कौन है जो कारागार में रहते भी उद्धार के लिये प्रस्तुत लोगों का 'राजा' शब्द सुनकर भी कामराग में कुशल न होगा?

विदूषक : अरे, स्नेह हमने दिखा दिया। पुरुषोचित सम्पन्न कर लिया। अब उन्हें छोड़कर चलें।

यौगन्ध. : तुम निश्चय वसन्तक हो। वसन्तक, ऐसा कभी न होगा।

दुःख और मदन से सन्तप्त स्वामी को कैसे छोड़ दें। जो काल और मित्रों के उपाय को नहीं समझता?[7]

विदूषक : ऐसा ही करते-करते बुढ़ापा आ जाएगा।

यौगन्ध. : वह निःसन्देह प्रशंसनीय है।

विदूषक : अच्छा तो तब हो जब सारी दुनिया जान जाए।

यौगन्ध. : लोक से हमें क्या काम? स्वामी के हितार्थ यह किया गया है।

विदूषक : वे भी तो यह नहीं जानते।

यौगन्ध. : समय से जान जाएँगे।

विदूषक : वह समय कब आएगा?

यौगन्ध. : जब इस आरम्भ की सिद्धि होगी।

विदूषक : तब उन्हीं की इच्छा के अनुकूल आप राजा को बन्धन से और राजकन्या को अन्तःपुर से *(दोनों को)* निकालेंगे।

रुमण्वान् : यह तो आपके विचारने की बात है।

यौगन्ध. : दोनों को? अच्छा। यह दूसरी प्रतिज्ञा है—

अर्जुन ने जैसे सुभद्रा का हरण किया, हाथी जैसे पद्मलता का हरण करता है, यदि राजा *(स्वामी)* ने उस *(वासवदत्ता)* का हरण न किया तो मैं यौगन्धरायण नहीं।

और भी, यदि घोषवती का और उस हाथी का, विशाल लोचनोंवाली *(वासवदत्ता)* और राजा का मैंने हरण न किया तो मैं यौगन्धरायण नहीं।

(कान लगाकर) अरे, शब्द-सा सुन पड़ता है। पता लगाओ कैसा है?

विदूषक : अच्छा *(जाकर और लौटकर)* अरे, दोपहर की गर्मी से थका कोई जन विश्राम के लिए आता दिखता है। अब क्या किया जाए?

रुमण्वान् : *(इस)* अग्निगृह के चार द्वार हैं। अलग-अलग हो जाएँ, एक साथ न रहें।

यौगन्ध. : नहीं, नहीं। हमारा साथ न छूटने पाये। हम शत्रु की एकता को तोड़ें। अपना-अपना कार्य करते रहें।

दोनों : वैसा ही करें। *(दोनों जाते हैं।)*

पागल : हि, हि, राहु चन्द्रमा को ग्रसता है। छोड़ चन्द्रमा को, छोड़! यदि न छोड़ेगा तो तेरा मुँह फाड़कर छुड़ा लूँगा। यह देखो, यह बिगड़ा हुआ घोड़ा रस्सी तुड़ाकर चला आ रहा है। इसी चौराहे *(की ऊँचाई)* पर चढ़कर बलि का आहार करूँगा। ये हैं, राजकन्याएँ! मुझे मारती हैं। मुझे न मारो, न मारो! क्या कहती हैं—हमें नृत्य दिखाओ? देखो, देखो, राजकन्याओं! ये राजकन्याएँ! फिर मुझे लाठी से मारती हैं। न मारो! न मारो! मुझे, वरना मैं भी तुम्हें मारूँगा।

(प्रस्थान)

चौथा अंक

(भट का प्रवेश)

भट : कितनी देर से मैं जलक्रीड़ा की अत्यन्त इच्छुक राजकन्या वासवदत्ता
के लिए भद्रवती *(हथिनी)* के महावत गात्रसेवक को ढूँढ रहा हूँ।
ओ पुष्पदन्तक! गात्रसेवक को देखा! क्या कहते हो—गात्रसेवक
कंडिल कलाल के घर जाकर सुरा पी रहा है? अच्छा, तुम जाओ।
(घूमकर) यही कंडिल कलाल *(सुँडी)* का घर है। तब तक इसे पुकारूँ।
हे गात्रसेवक! गात्रसेवक!

(नेपथ्य में)

कौन इस काल राजमार्ग में 'गात्रसेवक! गात्रसेवक!' कहकर मुझे पुकार
रहा है?

भट : यह गात्रसेवक *(रहा)*, सुरा पीता-पीता, हँसता-हँसता, झूमता-झूमता,
जवाकुसुम भी भाँति लाल-लाल आँखें किये चला आ रहा है। इसके
सामने न ठहरूँ *(घूमकर खड़ा हो जाता है।)*

(बताये रूप में गात्रसेवक का प्रवेश)

गात्रसेवक : कौन इस काल इस राजमार्ग में 'गात्रसेवक! गात्रसेवक!' कहकर
मुझे पुकार रहा है? मदिरालय से निकलते मुझे मेरे अप्रसन्न ससुर
ने देख लिया है। अमृतसुरा के चषक और घी, मिर्च, नमक में
भुने माँस-खण्ड को मुँह में दिये हुए था। पुत्रवधू भी प्रसन्न हो
जाती यदि पी लेती। *(पर)* सास तो निश्चय डंडे मारने को तैयार
हो जाती है।

सुरा पीकर मत्त होनेवाले धन्य हैं! सुरा के अनुरक्त *(लिपटे हुए)*
धन्य हैं सुरा से भीगे हुए *(स्नान किये हुए)* धन्य हैं! सुरा से संज्ञा
खोकर होश में लाये जानेवाले धन्य हैं!

अभागे वे मूढ़ नर हैं जो अपने पुत्र-कलत्र के नाना कष्टों और विपत्तियों को झेलते हुए और समृद्ध होते हुए भी सुरा का तालाब नहीं बहा देते! मैं तो मानता हूँ कि उनके लिए यमलोक में दूसरा नरक नहीं।

भट : *(पास जाकर)* हे गात्रसेवक! कब से तुम्हें खोज रहा हूँ। जलक्रीड़ा के लिए आतुर राजकन्या वासवदत्ता की *(हथिनी)* भद्रवती नहीं दिखाई पड़ती। और तू यहाँ प्रमत्त होकर इधर-उधर भटक रहा है।

गात्रसेवक : सच है। यह भी मतवाली है, वह पुरुष भी मत्त है, मैं भी मत्त हूँ, तू भी उन्मत्त है, सभी मतवाले हो गये हैं!

भट : अब की बात अभी रहने दो! राजप्रासाद में आसन न रखकर तुम क्यों इधर-उधर भटक रहे हो?

गात्रसेवक : मैं यही घूमूँगा, यही पीऊँगा, इसी द्वारा पीऊँगा। तुम मत बोलो! करोगे क्या?

भट : अच्छा, काफी पी गया, असम्बद्ध प्रलाप अब शीघ्र भद्रवती को ले आ।

गात्रसेवक : आजा, आजा भद्रवती! अरे मैंने तो भद्रवती का अंकुश ही गिरवी रख दिया।

भट : स्वभाव से ही विनीत भद्रवती के लिये अंकुश की क्या आवश्यकता? जा, जल्द ले आ भद्रवती को!

गात्रसेवक : आजा, आजा, भद्रवती! और अरे मैंने तो भद्रवती की काँटों की शृंखला ही गिरवी रख दी।

भट : फूलों से बाँधी जा सकनेवाली भद्रवती को काँटों की शृंखला की क्या आवश्यकता? जल्दी भद्रवती को ले आ।

गात्रसेवक : आजा, आजा, भद्रवती! अरे, मैंने तो भद्रवती का घंटा ही गिरवी रख दिया।

भट : जलक्रीड़ा की कामना करनेवाली भद्रवती को घंटे की क्या आवश्यकता? जल्द ले आ भद्रवती को!

गात्रसेवक : आजा, आजा, भद्रवती! अरे, मैंने तो भद्रवती का हौदा ही गिरवी रख दिया।

भट : हौदा का क्या करना? जल्दी भद्रवती को ले आ!

गात्रसेवक : आजा, आजा, भद्रवती! अरे बुरा हुआ!

भट : अरे, क्या बुरा हुआ?

गात्रसेवक : अरे, मुझसे बुरा हुआ!

भट : क्या हुआ तुझसे?

गात्रसेवक : बुरा हुआ हाय भद्र...

भट : भद्र क्या कहता है?

गात्रसेवक : बुरा हुआ! भद्रवती!

भट : क्या भद्रवती?

गात्रसेवक : भद्रवती को भी गिरवी रख दिया।

भट : इसमें तेरा अपराध नहीं। निश्चय कंडिल कलाल का अपराध है जो राजवाहन (हथिनी) लेकर सुरा देता है।

गात्रसेवक : बुरा कहा मैंने। मूल का ही नाश मत कर दो!

भट : अरे, यह शब्द कैसा है?

गात्रसेवक : अरे, समझा समझा। कंडिल कलाल का घर तोड़कर भद्रवती भाग रही है।

भट : क्या कहते हो? (आकाश में) यह स्वामी वत्सराज वासवदत्ता को लेकर निकल गये।

गात्रसेवक : (सहर्ष) स्वामी (की यात्रा) निर्विघ्न हो!

भट : पी, पी। उन्मत्त की भाँति भटक!

गात्रसेवक : अरे कौन उन्मत्त है? किसका मद? अरे हम तो आर्य यौगन्धरायण द्वारा अपने-अपने स्थान पर नियुक्त गुप्तचर हैं। तब तक मैं भी अपने मित्रों को सूचित कर दूँ और ये तुम्हारे मित्र बन्धन-मुक्त काले साँपों की भाँति इधर से उधर भाग रहे हैं। हे मित्रो, सुनें, सुनें, आप... जो स्वामी के दिये आहार के लिए युद्ध नहीं करता वह कुश से युक्त पवित्र जल से भरा पात्र नहीं पाता, नरक जाता है।

कहाँ हैं आर्य यौगन्धरायण? (देखकर) यहाँ हैं श्रीमान् आर्य यौगन्धरायण! वे चमकती तलवार धारण किये, पागल का वेश त्याग, बायें हाथ में स्वर्णखचित ढाल लिये, सिर पर लम्बे वस्त्र

की पीली पगड़ी बाँधे ऐसे लग रहे हैं जैसे चन्द्रमा को अपने आच्छादन से किंचित् खोले हुए विद्युत्धारी बादल।

अरे महायुद्ध शुरू हो गया!

गजारोहियों-सहित गजों और अश्वारोहियों-सहित अश्वों को मारकर क्षण-भर में समूची अक्षौहिणी का नाश कर गजों के मूसल-से दाँतों की चोट से टूटी भुजाओं वाले निरस्त्र होते हुए भी *(यौगन्धरायण)* पीछे पैर नहीं धरते, आगे ही बढ़ते जा रहे हैं।

हा धिक्! आर्य यौगन्धरायण निश्चय बन्दी कर लिये गये हैं! फिर तो मैं भी आर्य यौगन्धरायण का बगलगीर होता हूँ। *(जाता है।)*

भट : अरे यह सब क्या *(हो गया)*? यह स्थान तो प्राचीर और तोरण को छोड़ सर्वथा कौशाम्बी हो गया है। अच्छा यह सारा वृत्तान्त अमात्य से निवेदन करूँ। *(जाता है।)*

प्रवेशक का अन्त
(दो साधारण सिपाहियों का प्रवेश)

दोनों : हटें, हटें, आप लोग राह छोड़ें!

पहला : कष्ट, गला फाड़ने पर भी हल्ला बन्द नहीं होता।

दूसरा : खेद कि राजकन्या वासवदत्ता के हरण से उद्विग्न होने से इतना चिल्लाने पर भी कोई मेरी बात नहीं सुनता! अरे क्या कहते हो? किस करण यह भाग-दौड़ हो रही है? आर्य यौगन्धरायण पकड़े गये। क्या कहते हो? किस प्रकार पकड़े गये? आर्य लोग सुनें—आर्य यौगन्धरायण ने दूसरी अक्षौहिणी के आक्रमण को भी तलवार मात्र से क्षण-भर रोक लिया, *(परन्तु)* विजयसुन्दर *(नामक)* गज के दन्त पर आघात करते समय वह तलवार भी टूट गई। *(इससे)* वे तलवार टूट जाने से पकड़े गये, पौरुष की कमी से नहीं।

पहला : अरे तुम लोग अब अपना पागलपन छोड़ो। यह तो प्राचीर और तोरण से रहित स्वयं कौशाम्बी *(आ पहुँची)* है।

दोनों : उतरें, उतरें आर्य, उतरें!

(बाहुबद्ध फलक। शय्या पर पड़े यौगन्धरायण का प्रवेश)

यौगन्ध. : लो, यह उतर गया मैं।

वत्सराज को शत्रु के बन्धन से मुक्त कर, रण में अपने शस्त्र टूट जाने से बन्दी होकर, स्वामी का दुःख दूर कर विजित हुआ हूँ, अतः राजकुल में सुख से प्रवेश करता हूँ।

अरे, पत्नी-विहीनों का वन-प्रवेश सुखकर होता है, कार्य सम्पन्न कर चुकनेवालों का नाश भी अधिक रमणीय लगता है, पुण्य संचित किये हुए जनों को मृत्यु से पश्चात्ताप नहीं होता। स्वयं मैंने, वैर, भय और अपमान को समान रूप से त्यागकर, नीति, विनय तथा बाणों से कार्य पूरा कर, शत्रु की शालीनता *(लक्ष्मी)* और मित्र का अपयश नष्ट कर, विजय, राजा *(वत्सराज)* और 'महान्' *(यश)* शब्द को प्राप्त किया है।

दोनों : हटें, हटें, आर्य! हटें।

यौगन्ध. : मेरे दर्शन के अभिलाषी जनों को न हटाओ!
राजा के प्रेम से विपत्ति में पड़े मुझको राजा के जन देख लें। जो अमात्य हो जाने के मनोभिलाषी हैं। उनकी इच्छा *(मुझे देखकर)* चेष्टाहीन अथवा नष्ट हो जाये।

दोनों : हटो, हटो! क्या तुम लोगों ने आर्य यौगन्धरायण को पहले नहीं देखा है?

यौगन्ध. : पहले देखा है *(सही)*, पर इस रूप में नहीं। मुझे तो पागल के छद्मवेश में गलियों में भागते हुए देखा है, अब उस रूप से सम्पादित कार्य देखते हैं।

भट : *(प्रवेश कर)* आर्य, प्रिय समाचार सुनाता हूँ—वत्सराज पकड़ लिये गये।

यौगन्ध. : यह नहीं हो सकता—
शत्रु के नगर में, देर हुई, बन्धन से मुक्त होकर वे भद्रवती पर वन पार कर गये। पल-मात्र में योजनों जाने वाला क्या पकड़ा जा सकता है?
भद्र, *(यह भी)* सुना कैसे पकड़े गये?

भट : नलागिरि द्वारा पीछा करके पकड़े गये।

यौगन्ध. : उस वाहन *(हाथी)* में शक्ति तो *(निश्चय)* है परन्तु उसका संचालन अयुक्त हुआ।

गज का वेग महावत की शिक्षा पर निर्भर करता है। वत्सराज द्वारा मुक्त कर दिये जाने पर भला कौन उसका संचालन कर सकता था?

भट : आर्य अमात्य ने कहा कि आप शस्त्रागार में ठहरें। यह स्थान पुरुषों द्वारा रक्षित है।

यौगन्ध. : अरे *(कैसी)* हँसी की बात कही—
वत्सराज-रूपी अग्नि को जिस काल बाँधकर सब ओर से रक्षा करनी थी उस काल तो अमात्यगण सोते रहे और अब रत्न खोकर उसके पात्र की रक्षा करने से भला क्या लाभ?

भट : *(घूमकर)* यह है शस्त्रागार। आर्य प्रवेश करें।
(प्रवेश करके) अमात्य ने कहा है—बन्धन हटा दो!

यौगन्ध. : हाँ, मुझे हल्का कर दो! स्पष्ट है कि भरतरोहक मुझसे मिलना चाहता है। मैं भी भरतरोहक से मिलना चाहता हूँ।
मेरे रोषपूर्ण, प्रमाद-भरे वचनों से निश्चय उसके हृदय को चोट लगी होगी, प्रारब्ध और नीति के छल से जिस प्रकार उसने छला था, उसी प्रकार विनिश्चित नीतिशास्त्र के विधान के अनुसार मैंने उस बुद्धि के घमंडी को छला। अब मैं द्वन्द्वयुद्ध में पराजित लज्जा से झुके मुख वाले उस मल्ल को देखना चाहता हूँ।

(भरतरोहक का प्रवेश)

भरतरोहक : कहाँ है? कहाँ है वह यौगन्धरायण?
अपने कार्य को सम्पन्न कर चुकन वाले, वंचकता के कारण देखे न जा सकने योग्य, स्वामी के हित के अर्थ विपद् में पड़े, मन्त्रबद्ध क्रुद्ध सर्प की भाँति ऊँचा मस्तक रखने वाले *(यौगन्धरायण)* से भला किस प्रकार बात करूँ?[13]

भट : आर्य, यौन्धराण आर्य की शस्त्रागार में प्रतीक्षा कर रहे हैं।

भरतरोहक : अच्छा, अच्छा—
अपने मन्त्रित्व के समय नीलगज द्वारा धोखे से ठगा गया वह उसी वैर के बदले के लिए मेरी प्रतीक्षा कर रहा है।

भट : आर्य, यह रहे अमात्य।

भरतरोहक : *(पास जाकर)* यौगन्धरायण!

यौगन्ध. : हाँ!

भाट : वाह, स्वर में कैसी गम्भीरता है! आर्य के एक अक्षरमात्र से यह स्थान भर गया।

भरतरोहक : *(बैठकर)* 'यौगन्धरायण' यह नाम-भर सुना था। सौभाग्य से *(आज)* आपको देख रहा हूँ।

यौगन्ध. : सौभाग्य से आपको देख रहा हूँ। आप मुझे देखें।
इस प्रकार रुधिर से लाल शरीर वाले,वैर से युक्त, मुझ बँधे हुए को, गुरुहन्ता को मारकर शान्त बैठे अश्वत्थामा की भाँति देखें।

भरतरोहक : अहो, छल से बने गज की ओर आप संकेत कर रहे हैं।

यौगन्ध. : छल की क्या बात ? वह तो इस काल भी युक्त है। जो वह मल्लिका और साल वृक्षों के बीच कृत्रिम गज का धोखा किया गया था। उससे बाँधकर हमारे राजा को बाहु का तकिया लगाकर भूमि पर सोना पड़ा। वीणा बजाकर गजग्रहण-सम्बन्धी हमारे राजा की कुशलता के कारण वह धोखा हुआ। उसी आपके पहले किये धोखे के उत्तर में ही मुझे यह आचरण करना पड़ा। इसमें मेरा दोष नहीं है।

भरतरोहक : हे यौगन्धरायण, महासेन की कन्या को अग्नि साक्षी कर शिष्या-रूप में वत्सराज ने स्वीकार किया था। उस बिना *(वधूवत्)* दान में पाई का हरण कर ले जाने वाली जो चोर-वृत्ति है, वह तो उचित ही है!

यौगन्ध. : न, न, ऐसा न कहें! यह तो निश्चय हमारे स्वामी का विवाह हुआ है।
भरतों के कुल में उत्पन्न होकर वत्सदेश के प्रसिद्ध नरपति होकर *(हमारे उदयन)* बिना पत्नी बनाये भला उसे शिक्षा क्योंकर देंगे ?

भरतरोहक : आज भी महासेन ने वत्सराज का सत्कार ही किया—इसे क्यों नहीं देखते ?

यौगन्ध. : नहीं, नहीं, ऐसा न कहें आप—
इस कारण कि नलागिरि इनका अनुशासन मानेगा क्योंकि वह शिक्षितों के वचन को मानता है, आपके स्वामी ने अपने शरीर

और अपने सुहृदों के जीवन तथा यश की रक्षा के लिए उन्हें *(वत्सराज को)* छोड़ा था।

भरतरोहक : यदि यह बात थी और नलागिरि को पकड़ने के लिए ही विमुक्त किया था तब फिर तुम्हारे स्वामी को क्यों नहीं बन्धन में डाला?

यौगन्ध. : निन्दा के भय से ऐसा नहीं किया, बस।

भरतरोहक : यह बात आप राजनीति के विरुद्ध कह रहे हैं। रण में विजित शत्रु के लिए शास्त्र क्या कहता है?

यौगन्ध. : वध?

भरतरोहक : *(फिर)* वध के योग्य वत्सराज का सत्कार हमने क्यों किया?

यौगन्ध. : वह तो यह सोचकर कि ऐसा करने से इसके *(महासेन का)* शरीर का भी अपहरण न हो जाए।

भरतरोहक : इसकी सम्भावना भी हमारे स्वामी ने मान ली थी क्या?

यौगन्ध. : भूल में क्या संशय?
तुम्हारे राजा को हाथ में पाकर भी हमारे साधु स्वामी ने उसकी रक्षा की। गज पर सवार हुए बिना उसपर स्थित ध्वजा नहीं गिराई जा सकती।

भरतरोहक : अच्छा, अच्छा। महासेन को प्रतिकूल करके भला तुम्हारी बुद्धि ने कौशाम्बी के प्रति क्या किया?

यौगन्ध. : क्या हँसने की बात करते हो!
जो आगे आया *(हुआ)* उसे तो आपने देखा ही, शेष कार्य का क्या कहना? वृक्ष को समूल उखाड़ चुकने पर उसकी शाखा काटते क्या मेहनत होती है?

कंचुकी : *(प्रवेश कर कान में)* इस प्रकार।

भरतरोहक : प्रकट कहो!

कंचुकी : अनेक उपयुक्त कारणों से निश्चय आपने यह अपकार नहीं किया। *(आपके)* गुणों के प्रति मेरा कोई द्वेष नहीं, इस शृंगार *(स्वर्णपात्र)* को स्वीकार करें।
—यह।

यौगन्ध. : हाय, धिक्कार है।
मेरे जलाये हुए घर अभी तक ठंडे नहीं हुए, उसी प्रकार मन्त्रियों

के हृदय भी अभी तक जल रहे हैं। मुझ दण्डनीय की यह पूजा हो रही है। अरे अपराधी की सत्कृति तो उसके वध में है।

भरतरोहक : अरे—

महल के अग्रभाग से सहसा यह कैसा हाहाकार निकल पड़ा, जैसे बाज़ के झपटने पर कुररियाँ करती हैं।

अरे, जानो इस कोलाहल का कारण।

कंचुकी : आर्य की जैसी आज्ञा! *(बाहर जाकर फिर लौटकर)* दु:.ख से अभिभूत हृदय वाली रानी अंगारवती प्रासाद से कूदकर प्राण देने को प्रस्तुत थीं। महासेन ने उनसे कहा कि कन्या का विवाह क्षात्र विधि से ही सम्पन्न हुआ है? सो क्यों इस प्रसन्नता के समय सन्ताप करती हो? इससे वत्सराज और वासवदत्ता के चित्रों को रखकर विवाह की क्रिया पूरी करो। सो वहाँ—

स्त्रियाँ आज क्रमशः प्रसन्न और व्याकुल होकर आँखों में आँसू भरकर मंगल-क्रिया कर रही हैं।

यौगन्ध. : इस प्रकार महासेन यह सम्बन्ध स्वीकार करते हैं। इससे यह श्रृंगार स्वर्ण-पात्र अब तुम ले जाओ।

कंचुकी : दें! *(जाता है)*

भरतरोहक : हे यौगन्धरायण, अब महासेन तुम्हारा क्या प्रिय कार्य करें?

यौगन्ध. : यदि महासेन मुझपर प्रसन्न हैं तो इससे बढ़कर और क्या चाहूँगा?

(भरत वाक्य)

गायें धूलि-रहित हों, शत्रुओं के कुचक्र शान्त हों, और इस समूची पृथ्वी पर हमारे राजसिंह शासन करें!

❑ ❑ ❑